UNA BODA INOLVIDABLE

ROBYN G

H HARLEQUIN™

Editado por HARLEQUIN IBÉRICA, S.A.
Núñez de Balboa, 56
28001 Madrid

© 2013 Harlequin Books S.A.
© 2014 Harlequin Ibérica, S.A.
Una boda inolvidable, n.º 103 - 19.3.14
Título original: A Wedding She'll Never Forget
Publicada originalmente por Harlequin Enterprises, Ltd.

I.S.B.N.: 978-84-687-3979-3
Depósito legal: M-36250-2013
Editor responsable: Luis Pugni
Fotomecánica: M.T. Color & Diseño, S.L. Las Rozas (Madrid)
Impresión en Black print CPI (Barcelona)
Fecha impresion para Argentina: 15.9.14
Distribuidor exclusivo para España: LOGISTA
Distribuidor para México: CODIPLYRSA
Distribuidores para Argentina: interior, BERTRAN, S.A.C. Vélez
Sársfield, 1950. Cap. Fed./ Buenos Aires y Gran Buenos Aires,
VACCARO SÁNCHEZ y Cía, S.A.

Capítulo Uno

«Los ángeles viven entre nosotros».

Aquel en cuestión estaba subido a una escalera, decorando un arco salpicado de girasoles y cupidos brillantes. Su melena pelirroja, elegantemente recogida, realzaba los pendientes de esmeraldas que llevaba en las orejas, del mismo color que sus ojos. Iba vestida con una falda oscura y una blusa de seda color melocotón, y en conjunto era una mujer fina y muy sexy.

Junto a la escalera había unos zapatos de tacón negros. Daniel McNeal se cruzó de brazos, se apoyó en el marco de la puerta y llegó a una conclusión: un beso de aquel ángel haría arrodillarse a cualquier mortal.

En otras circunstancias no le habría agradado tener que pasar tiempo con una mujer que se dedicaba a organizar bodas en Washington. El único motivo por el que estaba allí era para ocuparse de los preparativos de la boda de su mejor amigo, pero en esos momentos no se le ocurría un lugar mejor en el que estar.

La pelirroja se giró hacia él, pero no lo vio. Terminó de colgar su último cupido y empezó a bajar la escalera. Daniel se separó del marco de la puerta y se acercó a ella para presentarse. Un segundo después, la veía perder el equilibrio y caer hacia atrás. Corrió y, por suerte, consiguió agarrarla antes de que aterrizase en el suelo.

Con el corazón acelerado, Daniel se irguió mientras el ángel de ojos verdes miraba al cielo y respiraba con dificultad. Poco después, posaba la vista en él.

–Me he subido a esa escalera muchas veces –comentó–. Y nunca me había caído. Tengo que darle las gracias.

–La manera ideal de hacerlo sería cenando conmigo esta noche.

Ella se echó a reír. Luego parpadeó, frunció el ceño y lo miró con dureza.

–Ni siquiera sé cómo se llama.

–Daniel McNeal.

Ella pareció reconocer el nombre.

–Daniel McNeal de la popular red social Waves. Ahora lo reconozco. Es australiano, ¿verdad?

Él asintió.

–Y usted debe de ser Scarlet Anders.

Era la socia de Ariella Winthrop en la agencia de organización de eventos DC Affairs. Al parecer, esta última podía ser la hija secreta del recién elegido presidente.

La noticia, desvelada por un periodista de la cadena de televisión American News Service durante la fiesta de inauguración del mandato, había sorprendido a todo el país. Y la pregunta que se hacía todo el mundo era quién había filtrado la noticia.

Scarlet Anders seguía mirándolo.

–¿Así que está aquí por una boda, señor McNeal?

–Sí –respondió él–, pero no la mía.

Ella sonrió, pero después se retorció hasta que Daniel no tuvo más remedio que dejarla en el suelo. Scarlet se apartó dos mechones de pelo rizado de la cara y después se estiró la falda y se puso los zapatos.

–Mucho mejor –murmuró, exhalando y poniendo los hombros rectos–. Ya podemos hablar de negocios.

–A mí no me habría importado hablar de la otra manera.

«Contigo en brazos».

Scarlet se ruborizó un instante.

–Entonces, ¿está aquí por una boda?

–Soy el padrino de Max Grayson.

Como una niña que acabase de descubrir sus regalos la mañana de Navidad, Scarlet se puso de puntillas y se tocó el collar de perlas que llevaba al cuello, emocionada. Si hubiese podido, hasta le habría dado un abrazo.

–Max va a casarse con una de mis mejores amigas, Caroline Cranshaw –le contó ella–. Cada uno de los eventos que organiza DC Affairs es especial, pero en este caso queremos que la boda de Cara sea genial.

–Ese mismo es mi objetivo.

–En ese caso, me alegro todavía más de conocerlo, señor McNeal.

Scarlet le ofreció la mano y él contuvo las ganas que sintió de tomársela y darle un beso en la muñeca. En su lugar, sonrió y se la estrechó suavemente.

–Llámame Daniel –le dijo–. Aquí somos todos amigos, ¿no?

–Amigos –repitió ella–. Sí, por supuesto.

Scarlet apartó la mano y se tocó el estómago antes de acercarse hacia una de las tres mesas que servían de expositores.

–Esta mañana he estado dándole vueltas a los colores –comentó, tocando unas muestras de satén y apoyando finalmente las uñas pintadas con la manicura francesa en una de ellas–. El rosa pastel es muy bonito para una novia.

Luego rio.

–Por desgracia, a los hombres no nos sienta tan bien.

Ella lo miró con cautela antes de continuar.

–Cara nos ha hecho algunas sugerencias. Trabajaremos juntos durante las próximas semanas para intentar conseguir que tanto ella como Max sean felices –dijo, girándose hacia él con el trozo de tela en la mano–. Gracias por venir. Volveremos a hablar en la cena de ensayo de la boda.

–Suena muy oficial.

–Se supone que tiene que ser divertido. Relajado.

Él sonrió.

–Eso me parece bien.

Al ver que no se marchaba y que seguía sonriendo y mirándola a los ojos, Scarlet volvió a tocarse el estómago y le preguntó:

–¿Has venido porque te preocupa algo en particular?

Daniel se dio cuenta de que tenía que concentrarse en la conversación y dejar de preguntarse si Scarlet Anders bebía café o zumo por las mañanas, y si dormía con un camisón de encaje o como Dios la había traído al mundo. Dio un paso atrás y se tocó una oreja.

–Max y yo somos amigos desde hace muchos años –respondió–. Lo sabemos todo el uno del otro, así que cuando me enteré de la noticia, me sorprendió. No ocurre todos los días que tu mejor amigo te diga que ha encontrado a la chica de sus sueños. Teniendo en cuenta lo que sé de él, jamás habría imaginado que se casaría. Salvo con su trabajo.

Scarlet se encogió de hombros.

–Las prioridades cambian.

–Eso parece. Después de conocer a Cara y verlos juntos solo puedo alegrarme por ellos, por la boda y también por el bebé que viene de camino. Max es muy afortunado por haber encontrado esa felicidad.

Ella sonrió.

–No te imaginaba tan romántico.

Daniel arqueó una ceja. ¿Romántico? Solo estaba haciendo un comentario.

–Lo cierto es que haría cualquier cosa para ayudarlos, el día de su boda y cualquier otro día –añadió.

–Lo mismo siento yo.

–Tenía la esperanza de que dijeras eso, porque

necesito tu ayuda. Me gustaría darle un toque divertido a todo el asunto.

—¿A qué te refieres? —le preguntó Scarlet con cautela.

—A nada extravagante. Es solo que he tenido el privilegio de ser el padrino de varios de mis amigos, y me gustaría hacer algo especial. Se ha convertido en una tradición.

—Hazme una lista —le sugirió ella, dejando la muestra de tela en la mesa—. Te daré nuestros datos de contacto y veremos lo que podemos hacer. Siempre y cuando lo que tengas planeado no vaya contra el protocolo ni el buen gusto, por supuesto.

Daniel pensó que aquel ángel tenía un toque de diva.

—No pretendo ser un obstáculo, sino aportar cosas —comentó.

—Supongo que en el campo las cosas son más… espontáneas.

—Yo no vivo en el campo. Nunca lo he hecho.

—Tal vez deberías —dijo ella, mirándolo de arriba abajo.

Iba vestido con vaqueros, mocasines y llevaba la camisa remangada.

—Me refiero a que es evidente que eres un tipo duro.

—Depende de lo que entiendas por «tipo duro».

La miró fijamente a los ojos, retándola a ver más allá de su exterior, y ella emitió un sonido casi inaudible. Estaba nerviosa, pero también intrigada. Entonces volvió a poner los hombros rectos y fue hacia la puerta casi flotando.

–Siento ser brusca –dijo–, pero tengo la agenda muy apretada esta tarde.

–Como ya he sugerido, podríamos seguir hablando de mis ideas durante la cena.

–Dadas las circunstancias –comentó Scarlet, arrugando la nariz–, me temo que sería inapropiado.

Él sonrió con ironía.

–Te he salvado la vida, ¿recuerdas? No puedo creer que te disguste tanto la idea de cenar conmigo.

–Todo lo contrario… –Scarlet se interrumpió antes de continuar. Se ruborizó y luego dijo–: Me alegro de haberte conocido.

Daniel supo que en ese momento tenía que haber dicho adiós y haberse marchado, pero se había quedado fascinado con ella nada más verla. Y había tomado una decisión. Scarlet Anders tenía que ser suya.

Cuando Daniel McNeal se acercó sin dejar de mirarla a los ojos, Scarlet sintió calor y notó que se le doblaban las rodillas. Se le hizo un nudo en el estómago y se le aceleró el pulso de tal manera que se sintió aturdida.

«No es posible. Acabamos de conocernos y… ¿va a besarme?».

Todo ocurrió a cámara lenta, así que Scarlet tuvo tiempo más que suficiente para detenerlo, o para detenerse a sí misma y no inclinarse hacia él ni cerrar los ojos y cometer así el mayor error de su vida.

Tenía que acordarse de otro hombre, de la relación que tenían y del futuro que, al parecer, estaban destinados a compartir.

De repente, vio en su cabeza imágenes de sus padres, sonrientes, aprobando aquello y brindando por su futura felicidad. Aunque si hubiesen podido leerle la mente, si hubiesen sabido cómo estaba reaccionando su cuerpo, probablemente la habrían repudiado. Ella también estaba sorprendida. No la habían educado para comportarse así.

Cerró los puños y apartó la mirada de la de él, retrocedió un paso y entonces se dio cuenta de que había otra persona en el salón. La florista de la puerta de al lado la estaba mirando como si la comedida Scarlet se hubiese convertido de repente en una vampiresa.

—Katie —dijo ella, haciendo un esfuerzo por aplacar el calor de sus mejillas—. ¿Qué estás haciendo aquí?

Daniel McNeal se puso recto y se metió las manos en los bolsillos de los pantalones vaqueros.

—No había nadie en recepción —respondió Katie—, así que he entrado directamente. Lo siento. No sabía que tuvieses compañía.

Como de costumbre, los buenos modales de Scarlet se activaron automáticamente e hizo las presentaciones.

—Katie Parker, este es Daniel McNeal.

–Encantada –dijo Katie, mirándolo con curiosidad–. Me suena mucho tu cara. Y el nombre…

Scarlet gimió en silencio. Todo el mundo conocía a aquel hombre y era miembro de su red social, incluida ella. Solo quería que se marchase y poder volver a pensar con claridad.

Con gesto disciplinado, señaló hacia la puerta.

–El señor McNeal ya se marchaba.

–Cierto. Ya hablaremos –le dijo a Scarlet antes de volverse hacia Katie y añadir–: Intenta convencerla para que cene conmigo, ¿de acuerdo?

Guiñó un ojo y luego salió por la puerta.

–No lo entiendo –comentó Katie cuando se hubo marchado–. ¿Te ha pedido salir?

–Era una broma.

–Pues a mí me ha parecido que lo decía en serio. Y eso es genial, porque es muy guapo. Y encantador. Y muy sexy…

Scarlet puso los ojos en blanco.

–Katie, por favor.

–Le gustas, créeme. Y tengo la sensación de que es mutuo. Si no hubiese entrado, en estos momentos estaríais besándoos.

–No –la contradijo Scarlet–. Ya había decidido no hacerlo antes de verte.

–¡Lo sabía!

Nerviosa, Scarlet se acercó a la escalera.

–También sabes que tengo una relación con un hombre con el que cualquier mujer querría estar.

–Si te soy sincera, Scarlet, a mí Everett Matheson III no me atrae lo más mínimo.

–Everett y yo nos entendemos bien. Es un hombre predecible, respetable, educado…

–Y aburrido –murmuró Katie.

–Es muy disciplinado en su trabajo. Será un marido y padre responsable.

–Pero, ¿estás enamorada? ¿Tiemblas de deseo cuando piensas en él?

A Scarlet se le encogió el estómago. No solía sentirse como si estuviese flotando en una nube por ningún motivo, tampoco por un hombre.

Tomó aire, levantó la escalera y la cerró.

–Me han educado para que me respete a mí misma, lo que implica que no me enamore del primer hombre encantador que se me ponga delante.

Tomó la escalera y fue a guardarla a un armario.

–Sabes muy bien que no soy de esas.

Katie metió las manos en el bolsillo delantero de su delantal y suspiró como si aquello fuese el fin del mundo.

–Después de la boda de Cara y Max, estoy segura de que Everett no tardará en pedirte que te cases con él.

–Ya lo ha hecho. Anoche –respondió Scarlet, guardando la escalera y cerrando el armario–. Alquiló un carruaje tirado por un caballo. En el asiento había una botella de champán francés y dos copas de cristal. Me pidió que me casase con él y enumeró todas las razones por las que hacemos una buena pareja. El anillo es una reliquia de su familia. Me queda un poco grande, así que habrá que arreglarlo.

Se trataba de un rubí de ocho quilates, tallado a mano y rodeado de diamantes. Era un anillo de compromiso exquisito. Everett había tenido que hacer un seguro para poder sacarlo de la caja fuerte. Cuando le había comentado que había encargado una réplica para todos los días, Scarlet no había podido evitar echarse a reír. A veces, era un hombre muy ingenioso.

–En ese caso, debería darte la enhorabuena… –balbució Katie.

–Gracias.

–… pero también te diría que no tienes por qué seguir adelante. Todavía no habéis mandado invitaciones. No tenéis nada reservado…

–Eres una buena amiga –le dijo Scarlet–, pero no necesito esto.

Scarlet fue hacia la mesa en la que estaban las muestras y empezó a hacer pruebas.

Katie se esforzó por cambiar de tema.

–En cualquier caso, ¿quién era ese Adonis? –preguntó–. Me suena la cara. ¿Es un político?

–Es el dueño de Waves.

Katie se tocó las mejillas.

–¡Claro!

–La semana pasada, en la peluquería, leí un artículo acerca del éxito de ese sitio web. Muy interesante. Y lo mejor eran las fotos de su director ejecutivo. El artículo decía que a lo mejor posaba desnudo para un calendario, para recaudar fondos para una organización benéfica.

Scarlet se negó a reconocer que, de repente, se le habían endurecido los pechos y tenía mucho calor. No pudo evitar imaginarse a Daniel McNeal sin ropa. Había visto sus antebrazos fuertes y bronceados. Los vaqueros le sentaban muy bien. Y ella no debía pensar en todo eso.

–¿Qué estaba haciendo aquí? –volvió a preguntar Katie.

Scarlet colocó un arreglo floral sobre la mesa.

–Ha venido por una boda.

–Pero no la suya.

–¿Cómo puedes estar tan segura?

–Si fuese a dar el gran paso, no te habría mirado como te estaba mirando.

Scarlet miró hacia la puerta y luego dijo en voz baja:

–¿Quieres que te oigan?

Katie fue a comerse una de las golosinas que había en un cuenco de cristal encima de la mesa.

–No te comas las rosas –le advirtió Scarlet.

La florista tomó una blanca y verde y se la metió en la boca.

–¿Sabes lo que necesitas?

Scarlet tomó la golosina rosa que había en lo alto del cuenco.

–Tengo la sensación de que vas a decírmelo.

–Necesitas olvidarte de todo, de tus obligaciones, reales e imaginarias, aunque sea una semana. Con una semana sería suficiente.

–¿Para qué?

–Para que te dieses cuenta de que la vida va más allá de lo que se espera de ti. O que las cosas que te han hecho creer no tienen por qué hacerte feliz. Y no voy a decirte nada más al respecto

–dijo Katie, cruzándose de brazos–. ¿No ha venido Ariella?

–Hoy está trabajando desde casa.

–Primero anuncian que es hija del presidente y después la persigue la prensa durante semanas… Qué dura es. Yo a estas alturas estaría en tratamiento por agorafobia.

–Debe de ser difícil –admitió Scarlet, poniéndose la golosina rosa entre los labios antes de masticarla–. Más que difícil.

–Me pregunto cuándo le darán los resultados de la prueba de ADN.

–Supongo que pronto.

De repente, sonó el teléfono de Scarlet. Era un mensaje de texto. A su amiga debían de haberle pitado los oídos.

Necesito verte. Acabo de recibir los resultados, decía el mensaje de Ariella.

Capítulo Dos

Morgan Tibbs apartó la vista de la revista *Times* y miró a su jefe, que acababa de entrar en la suite del ático.

Daniel se dirigió al que era su despacho siempre que estaban en Washington, que era tiempo suficiente como para tener aquella y otra suite alquiladas, así como un coche.

—Habías dicho que estarías fuera el resto del día —comentó Morgan.

—¿Puedes venir un momento? —le preguntó él a su secretaria.

Esta entró en el despacho y lo vio frente al ventanal que daba a Connecticut Avenue. A lo lejos se veía el obelisco del Monumento a Washington.

—¿Qué ven mis ojos? Pareces estresado.

—Hoy he conocido a una mujer.

Morgan esperó.

—¿Y?

—Que es diferente a las demás.

Su secretaria se llevó las manos al pecho.

—Jamás pensé que ocurriría. Y eso que ya sabes que no somos compatibles.

—No me refería a ti.

—Olvidémonos de mí. Eres un genio de la informática, pero nunca has estado más de cuatro semanas seguidas con una mujer.

–Si algo no funciona, ¿por qué alargarlo?

–Lo dice mientras deja a toda una ristra de mujeres con sensación agridulce y la mirada brillante.

Daniel se giró hacia ella.

–Tú nunca me has mirado con esos ojos, verdad, ¿Morgan? –le preguntó, dirigiéndose al escritorio–. No pretendo parecer engreído, pero ¿por qué no?

Daniel suponía que los antepasados de Morgan procedían del Este. Tenía el pelo brillante y liso, como una cortina de seda negra. Era menuda y tenía las manos delicadas, el rostro redondo y un cociente intelectual impresionante.

Además, poseía la habilidad telepática de predecir todas sus necesidades, motivo por el que lo acompañaba a todas partes. No solía sorprenderse por nada, pero en esos momentos lo estaba mirando con los ojos muy abiertos.

–Eres mi jefe –respondió–. Jamás se me ocurriría sentirme atraída por ti.

–Lo mismo pienso yo.

–¿Porque tengo una oreja en medio de la frente?

–Solo quiero decir que un hombre sabe cuándo la conexión es mutua. Siente la chispa.

Ella arqueó las delicadas cejas.

–Creo que deberías hablar de esto con un amigo.

–No, necesito la opinión de una mujer.

Morgan suspiró y tomó asiento.

–Entonces, dices que has conocido a una mujer.

–La he invitado a cenar y me ha rechazado.

Morgan sonrió.

–Voy a sacar un comunicado de prensa.

–Quería aceptar, pero algo se lo ha impedido. Ha intentado comportarse de manera despectiva, pero no me engaña. Ha habido chispa entre ambos.

Recordó cómo lo había mirado Scarlet Anders, casi con miedo, pero también con enfado. ¿Qué problema tenía? ¿No le gustaba su colonia?

–Supongo que, o está saliendo con otro, o superando una ruptura –aventuró Morgan.

–Ocupada o quemada… Entiendo –comentó él–. Tengo su número de teléfono. Al menos, el profesional.

Golpeó la mesa con los dedos y tomó una decisión. Luego, agarró el teléfono.

–Voy a llamarla.

–Si te ha rechazado, podría sentirse presionada.

–No voy a presionarla, solo voy a volver a preguntárselo.

–Ya… ¿Quién es?

Daniel le contó a Morgan todo lo que sabía acerca de Scarlet y cómo había sido su encuentro.

–A ver si lo he entendido bien. ¿Quieres ayudar a una persona que se dedica profesionalmente a organizar bodas a organizar una boda?

–Tú estás de mi parte, ¿recuerdas?

–De acuerdo. La próxima vez que veas a Max Grayson y a su prometida, pregúntales por ella. Si, tal y como dices, es amiga de Caroline Crawshaw, esta podrá darte algo de información.

El engranaje se puso en marcha y Daniel sonrió cada vez más.

–Muy astuta, señorita Tibbs.

–Tengo al mejor maestro.

–¿Ahora me estás acusando de ser artero? –le dijo él, echándose hacia atrás y colocando las manos detrás de la cabeza y los mocasines en la mesa–. ¿Tengo que recordarte que soy un modelo de libertad y sencillez?

–O eso pretendes hacer que crea todo el mundo, incluso tú mismo.

Su sonrisa flaqueó. A veces se preguntaba si su secretaria no lo conocería demasiado bien.

–Ahora que el tema de tu vida social está resuelto –añadió Morgan–, tienes que saber quién ha llamado hoy. Todavía no es de dominio público pero, al parecer, se va a formar un comité para investigar los casos de piratería informática y telefónica durante la campaña del presidente.

–Que tuvieron como resultado la noticia de la paternidad del presidente –dijo Daniel, poniéndose recto y bajando los pies al suelo–. ¿Por qué no me sorprende?

–Quieren que les devuelvas la llamada lo antes posible.

Daniel se estremeció.

–No me gusta tanto misterio.

19

–En estos momentos eres el hombre más importante del mercado tecnológico. Querrán pedirte información acerca de cosas básicas e ideas que no se les hayan ocurrido a ellos. Además, esperan que puedas contarles quién puede estar detrás de todo el tema.

Morgan fue hacia la puerta.

–Voy a devolverle la llamada al representante de la comisión.

–Espera un momento –le dijo Daniel–. A lo mejor la Casa Blanca está buscando pistas, pero yo tengo que solucionar mis propios problemas antes.

Aunque había decidido seguir el consejo de su secretaria y no llamar a Scarlet Anders. Tenía una idea mucho mejor.

Scarlet saludó a Ariella Winthrop dándole un cariñoso abrazo en su casa de Georgetown y después cerró rápidamente la puerta.

La había llamado nada más recibir su mensaje. Su amiga necesitaba estar acompañada en el momento de leer el resultado de la prueba de ADN. En vez de ir ella a casa de Ariella, o quedar en el trabajo, donde siempre había algún periodista acechando, habían decidido verse lo antes posible en casa de Scarlet.

Ariella la agarró de la mano y ella vio el sobre.

–Cuando perdí a mis padres adoptivos en ese accidente –dijo Ariella, llevándose el sobre al pecho–, los echaba tanto de menos que rezaba para que ocurriese un milagro y pudiese volver a tenerlos. Ahora me enfrento a la posibilidad de conocer a mi padre biológico. Y de poder tener una relación con él. Aunque no consigo hacerme a la idea de que pueda ser el presidente de Estados Unidos.

–¿Todavía no has hablado con Ted Morrow?

–Solo con su despacho. Todo está siendo muy frío. Es como si me tuviera miedo.

–¿Y tú cómo lo llevas? –le preguntó Scarlet.

–Estoy tan nerviosa que casi tengo ganas de vomitar.

–Entra. Siéntate. Abriremos ese sobre juntas –dijo para tranquilizarla.

Agarradas de la cintura, fueron al salón. Habían pasado meses en aquella habitación, planeando su negocio, hablando de los puntos fuertes de cada una, de sus sueños, de sus miedos. Las dos habían estado nerviosas y emocionadas con la inauguración de DC Affairs.

Desde entonces, habían aprendido juntas y, como todo el mundo, también habían cometido errores. Pero no se habían peleado ni una sola vez y su amistad se había consolidado. A veces reían y, otras, se apoyaban la una a la otra.

En ocasiones como aquella.

Se sentaron en el sofá, que estaba colocado junto al piano y delante de la chimenea. En la repisa de esta había una fotografía de los padres de Scarlet, sonrientes. Los tres se parecían mucho y eran orgullosos, fuertes, cariñosos… Aunque su madre podía llegar a ser demasiado apasionada. Estaba encantada de que Scarlet estuviese saliendo con un Matheson y se lo recordaba constantemente.

Aun así, si había algo de lo que Scarlet estaba segura, eran sus raíces.

Ariella miró el sobre que tenía en la mano y respiró hondo.

–No he podido evitar mirarme en el espejo, ver fotografías –dijo– y preguntarme si existe un parecido. Y lo que hago es sonreír y tener la esperanza de que sea él. Aunque luego me pregunto cómo va a reaccionar si es cierto.

Suspiró.

–Sobre todo, pienso en mi madre. La verdad es que me alegro de que la prensa la esté buscando, pero no entiendo por qué no encuentran a Eleanor Albert. ¿Por qué me entregó en adopción? Necesito saber por qué rompió con Ted Morrow. ¿Será porque se quedó embarazada? ¿Por mí?

–Al menos, ahora vas a averiguar algo –le dijo Scarlet en tono amable.

Ariella asintió. Volvió a tomar aire y luego le pasó el sobre a su amiga.

–¿Puedes abrirlo tú? –le preguntó–. Estoy temblando tanto que podría romperlo.

Scarlet sabía que todo el país estaba deseando conocer el resultado de aquella prueba. Iba a ser un momento histórico, y ella sería la primera en saber la verdad.

Abrió el sobre, sacó el papel que había dentro

y lo recorrió con la mirada. La información que Ariella estaba deseando conocer estaba en la parte más alta.

–Aquí dice que hay un 99,99999% de probabilidades de que sea tu padre. Lo que significa que Ted Morrow es tu padre, Ariella. Eres la hija del presidente.

–Se ha formado un comité para investigar todo el tema de la piratería –dijo Max Grayson.

Daniel hizo una mueca.

–He tenido el privilegio de recibir una invitación personal.

Daniel tenía el ordenador a un lado del escritorio. Buscó información, pero no encontró nada acerca del comité... aunque todo el mundo hablaba de la posible paternidad del presidente Morrow.

–La Casa Blanca debe de estar preparándose para encontrar a quien haya manipulado las líneas de teléfono y los ordenadores para obtener esa información –comentó Max–. ¿Dices que te ha llamado alguien del comité?

–Eso es. ¿Me puedes informar un poco del tema? Sé que había un británico, Colin Middlebury, que estaba interviniendo para que se firmase un tratado tecnológico con el Reino Unido.

–Middlebury consiguió sacar adelante el tratado gracias al apoyo del senador Tate. Dicen que la familia Middlebury ha sido blanco de la piratería en Gran Bretaña. Lo que él quiere es hacer público el nombre de los culpables y que se haga justicia con ellos.

Max bajó la voz antes de añadir:

—Si te han pedido que vayas, hazlo con tu abogado.

Daniel gimió.

—Qué divertido.

—No es una broma. Te van a marear hasta que les cuentes todo lo relacionado con el oscuro arte de la piratería. Y te van a preguntar si tienes idea de quién puede ser sospechoso.

—Yo no hago negocios con personas que llevan a cabo actividades ilegales.

—Pero eres el líder mundial de tu mercado. ¿Se te ocurre algo?

—¿Aparte de lo obvio?

—ANS —dijo Max—. La ética de esa cadena es bastante cuestionable, por decir algo. Cara se alegra mucho de haber podido alejarse de todo eso.

Daniel recordó la conversación en la que su amigo le había anunciado que iba a casarse. Su prometida, que estaba embarazada, había dejado de trabajar para la oficina de prensa de la Casa Blanca para participar en el negocio de sus amigas como relaciones públicas.

—Por cierto, he conocido a la amiga de Cara —comentó.

—¿A Ariella?

—No, a Scarlet Anders. He pasado por DC Affairs.

—Tenías que haber llamado antes. Cara no va

todos los días, pero le habría gustado enseñarte la empresa. ¿Qué has ido a hacer allí?

–Ser un buen padrino.

–¿Quieres ayudar con la organización? Supongo que deberíamos empezar a pensar en coches, trajes y bebidas.

Aunque Daniel no bebía. Nunca.

–Es una mujer interesante.

–¿Scarlet? Cara la adora –le confirmó Max–. Aunque, entre nosotros, es un poco presumida. Nunca hace nada que esté fuera de lugar. Sus padres forman parte de la alta sociedad de Washington y ella es como una fotocopia de estos. Podría llegar a ser Primera Dama.

Daniel hizo una mueca.

–A lo mejor necesita que alguien le enseñe a divertirse.

–¿Y ese alguien eres tú?

–La he invitado a cenar y me ha respondido que no.

–Scarlet nunca mezclaría el placer con los negocios.

–Pensé que a lo mejor estaba saliendo con alguien.

–Cara y yo salimos hace poco con ella y con su novio, Everett Matheson. Son tal para cual.

–¿Van en serio?

–Ambos estaban tan preocupados por no equivocarse de tenedor y porque no se les olvidase saludar a nadie que no sabría decirte.

–¿No se besaron? ¿No se dieron la mano?

–En un momento dado, ella le colocó la corbata.

Daniel sonrió.

–No vas a hacerme desistir. Ya sabes que me encantan los retos.

–Sé lo mucho que te gustan las chicas de actitud relajada, y Scarlet, amigo mío, no lo es. Mimada, admirada e incluso esnob, sí. Pero preferiría suicidarse antes que limpiarse los dientes con un palillo en público.

Daniel pensó que a él le encantaba comer palomitas mientras veía un partido. Le horrorizaba la rutina y asistir a actos porque estuviese obligado a hacerlo.

Cuando tenía ganas, sacaba su moto y recorría con ella la costa australiana.

Se imaginó a Scarlet sentada detrás de él, con pantalones de cuero, abrazándolo por la cintura y con la melena rojiza ondeando al viento.

Porque se imaginaba que tenía el pelo largo, más allá de los hombros. Tal vez le llegase hasta la mitad de la espalda.

Sonrió.

Estaba seguro de que era muy suave.

Se puso en pie.

–Voy a volver a pedirle que salga conmigo –dijo con firmeza.

–Eres incorregible.

–Tengo un buen presentimiento.

Max se echó a reír.

–No digas luego que no te lo advertí.

Max tenía que atender otra llamada, así que se despidieron. Daniel marcó el número del representante del comité y accedió a ir a verlo. Después pasó las siguientes horas pensando en algo mucho más interesante.

Al final decidió no llamar a Scarlet. Tampoco quería volver a pasar por su empresa sin avisar.

Según Max, el tal Everett Matheson era un aspirante, pero Scarlet todavía no estaba comprometida y Daniel tenía la sensación de que podía intentarlo. A lo mejor había fingido que era imposible de conseguir, pero él estaba seguro de que le interesaba.

Después de buscar en Internet, Daniel escogió una floristería situada justo al lado del local de Scarlet.

—Necesito que envíen unas flores hoy mismo, lo antes posible —le dijo a la mujer que respondió al teléfono.

—Las entregaré en persona —le aseguró esta—. ¿Qué clase de flores?

—Se llaman trompetas de ángel. Son para un ángel.

Hubo un silencio al otro lado del teléfono.

—¿Ocurre algo? —preguntó Daniel.

—¿Sabe que son muy tóxicas?

Él se maldijo.

—No, no lo sabía.

—Son muy bonitas, tienen un perfume particular...

—Y son venenosas.

Aquel no era el mensaje que Daniel quería mandar.

—Yo le sugeriría algo más tradicional. ¿Qué tal rosas?

—No me gustan las cosas tradicionales.

A no ser que…

La idea tomó forma, Daniel explicó lo que tenía en mente y la mujer le aseguró riendo que seguiría sus instrucciones. Él le dio su nombre y el número de la tarjeta de crédito y también el nombre y la dirección de Scarlet.

La mujer tosió de repente.

—¿Está bien? –le preguntó él.

—Señor McNeal, estoy estupendamente.

Capítulo Tres

Cuando Ariella dejó de temblar y se tranquilizó lo suficiente para marcharse, llevándose con ella el papel que confirmaba que era hija del presidente, Scarlet volvió al trabajo.

De camino, pensó que era probable que Ted Morrow también hubiese recibido los resultados y compadeció a su amiga, que tendría que lidiar con la prensa todavía más que hasta entonces. Con un poco de suerte, de todo aquello saldría algo positivo: el reencuentro de un padre y una hija.

Y tal vez la historia no se terminase allí...

El presidente estaba soltero. ¿Y si después de tantos años se reunía con la madre de Ariella y se casaban?

Aquella ceremonia sí que sería increíble. Y Ariella podría tener por fin una familia biológica, después de tanto tiempo de separación.

Scarlet estuvo el resto de la tarde trabajando y dando los últimos toques al gran día de unos clientes que iban a casarse en la catedral de Washington.

Para poder casarse en la famosa catedral de Canterbury era necesario cumplir al menos uno de tres estrictos requisitos, y la familia de Everett lo hacía. La novia o el novio tenían que ser exalumnos de la escuela de la catedral, o tener algún familiar directo que hubiese trabajado en la catedral, o que ellos o sus familias hiciesen donaciones a la misma. Y, al parecer, Everett y sus padres hacían frecuentes y generosas donaciones.

Este había comentado la noche anterior, después de pedirle que se casase con él, que iba a pedir permiso para que lo hiciesen allí. En ese momento, Scarlet no había pensado en sí misma, sino en sus padres, y en lo ridículamente orgullosos que se sentirían.

Después se había imaginado a su madre ocupándose meticulosamente de los preparativos, en particular, de la lista de invitados. Faith Anders querría invitar a todas las personas importantes. Y los padres de Everett, lo mismo.

Dado el estatus social de su familia, Scarlet siempre había sabido que su gran día sería un acontecimiento importante, en el que se seguirían y exhibirían todas las tradiciones. Había organizado suficientes bodas de ese tipo para saber que eran agotadoras para la novia, pero todo lo que merecía la pena solía serlo.

Scarlet siguió pensando mientras recogía. ¿Qué clase de boda querría Daniel McNeal? Algo informal, tal vez incluso alocado. Nada parecido a lo que le gustaba a ella. Aunque, de todos modos, el señor McNeal no parecía ser de los que se casaban.

Iba a salir por la puerta cuando la llamaron por teléfono.

–Ha llamado Ariella –le dijo Cara Cranshaw–. Me ha dejado un mensaje, pero no lo he visto hasta ahora. Tiene los resultados.

–Me pregunto cuánto tardarán los paparazzi en enterarse de la noticia. No te lo tomes a mal.

–Créeme si te digo que a Max no le gusta nada el modo en que la prensa está tratando el tema.

Max Grayson había sido reportero antes de empezar a trabajar detrás de las cámaras.

–¿Cómo estaba Ariella cuando se ha marchado de tu casa? –preguntó Cara.

–Resignada ante el hecho de que ya nada volverá a ser lo mismo –dijo Scarlet, cerrando la puerta de su despacho.

–Le he dicho que venga a casa porque he imaginado que necesitaría algo de compañía, pero dice que prefiere estar sola.

Scarlet había pensado lo mismo.

–Le mandaré un mensaje y le diré que nos llame si nos necesita.

–¿Qué vas a hacer esta noche? –preguntó Cara–. Yo voy a quedarme en casa de Max, pero este va a trabajar hasta tarde. Tu chico también está de viaje, ¿no?

Scarlet atravesó la recepción y se dio cuenta de que Cara se había referido a Everett, pero ella no había podido evitar pensar en Daniel McNeal. Se lo imaginó delante, sonriéndole, y se estremeció de deseo.

Aquello era completamente inadecuado.

Volvió a centrarse y retomó la conversación.

–Uno de los clientes de Everett en Nueva York necesitaba que evaluase sus cifras.

–Entonces, ¿por qué no vienes a verme? –le preguntó Cara–. Así concretaremos los detalles de la recepción. Todavía no he tomado una decisión acerca de los colores.

Scarlet dudó. Como Ariella le había dicho que no necesitaba compañía, había pensado en quedarse en casa y tomarse una copa de vino sola, pero lo cierto era que le encantaba estar con Cara. Planear su boda era muy divertido y, además, también tenía algo que contarle.

¿O debería esperar a tener el anillo de compromiso en el dedo? Y a que Everett volviese de Nueva York… No tenía prisa.

–De acuerdo –dijo, atravesando el recibidor–. Nos vemos dentro de una hora.

Lee, su efervescente recepcionista, ya se había marchado, pero algo que había en el mostrador llamó su atención, así que Scarlet retrocedió. Era una docena de rosas de color amarillo, coral y melocotón, colocadas en un jarrón de cristal redondo. Scarlet aspiró su delicioso perfume y suspiró. Tocó los pétalos suaves con la punta de los dedos. Pero lo mejor del ramo era un animal de peluche que había encima. Para ser más concretos, un marsupial.

Un canguro boxeando, vestido de esmoquin y con pajarita.

***

32

En casa, Scarlet se preparó un baño de espuma y puso su CD de música clásica favorito. Una vez en el agua, reconsideró la situación de Ariella y volvió a darle vueltas a los mil y un detalles de la boda que estaban organizando en la catedral. Pero no pudo evitar que su mente volviese una y otra vez a Daniel McNeal, a su ramo de flores con canguro incluido, y a cómo este la había tomado en brazos cuando había estado a punto de caerse de la escalera.

Se hundió todavía más en el agua y recordó el deseo con el que la habían mirado sus ojos azules. No era la primera vez que se sentía atraída por un hombre, pero nunca había sentido algo tan intenso que hiciese que se replantease quién era. Y que dudase de lo que quería.

¿Sería aquella repentina e irracional atracción un caso habitual de acobardamiento?

Para ella, aparte de tener hijos, casarse era el acontecimiento más importante de la vida de cualquier persona. Era normal que estuviese un poco nerviosa, solo hacía un año que conocía a Everett. Se entendían bien en todos los aspectos. Y, sobre todo, lo quería. No era un amor loco ni apasionado, sino un sentimiento estable. Nada que ver con su reacción de colegiala frente a Daniel.

¿En qué se basaban el amor y un matrimonio estable? En respeto, apoyo y metas comunes. No en emociones salvajes, ni en la atracción por alguien que, evidentemente, era todo lo contrario a ella.

Daniel era guapo, carismático y seguro de sí mismo. Tenía un físico excepcional. Y su personalidad era fresca. Intrigante.

Lo mismo que sus ojos azules.

Salió de la bañera y se secó, y después se acercó al armario de su habitación. Pasó la mano por varios trajes y vestidos de noche. Y la detuvo en unos vaqueros, al acordarse de lo bien que le sentaban a Daniel. Ella no solía llevarlos, pero esa noche no se los iba a poner para él. Ni esa noche, ni ninguna otra.

Se puso un jersey de angora y unos pantalones de vestir negros, llamó un taxi y sacó una botella de vino blanco de la nevera. Sabía que Cara no podía beber, pero ella se tomaría una copa o dos.

No tardó en llegar a casa de Max Grayson. Su amiga le abrió la puerta del ático sonriendo.

–Entra –le dijo, dejándole paso–. Iba a llamarte.

–Llego un poco tarde. Me he dado un buen baño…

Atravesó el recibidor y dejó de hablar. Oyó una voz procedente del salón. Una voz de hombre. Profunda. Atronadora. Scarlet frunció el ceño.

Cara había dicho que Max iba a trabajar hasta tarde.

Entonces otra voz masculina respondió a la primera y a Scarlet le dio un vuelco el corazón. Aquel acento era inconfundible. ¿Qué estaba haciendo él allí? Se suponía que había ido a pasar un rato con su amiga, no a formar un cuarteto, mucho menos con Daniel McNeal.

¿Qué iba a decir si él le mencionaba las flores? O, todavía peor, ¿cómo reaccionaría si le sonreía de aquella manera tan inquietante?

Retrocedió un paso.

Tenía que marcharse de allí.

–Me habías dicho que Max tenía que trabajar hasta tarde.

–Me ha dado una sorpresa.

–No quiero interrumpir.

Cara se echó a reír y la empujó hacia delante.

–No interrumpes nada, tonta. De hecho, queremos presentarte a alguien.

A Scarlet se le encogió el estómago. Necesitaba una excusa. Tenía que salir corriendo de allí, pero Cara la había agarrado del brazo y la alentaba a avanzar. Entonces se detuvieron debajo del arco que daba al salón y dos pares de ojos las miraron.

Casi ni vio a Max sonreír y levantarse a saludarla. Se había quedado de piedra con la presencia del otro hombre. Cuando Daniel la miró a los ojos se vio consumida por una serie de sensaciones tan fuertes que se sintió como si la acabase de alcanzar un rayo.

Cara hizo las presentaciones.

–Daniel McNeal, quiero que conozcas a mi querida amiga Scarlet Anders.

Él sonrió y se puso en pie.

–Ya nos conocemos.

–¿De verdad? –preguntó Cara sorprendida, mirándolos a ambos–. ¿Cómo es posible? Solo llevas un día en la ciudad.

Todavía aturdida, Scarlet se fijó en que Daniel se había cambiado los vaqueros por unos pantalones oscuros que parecían hechos a medida y una camisa blanca. Los cordones de sus zapatos brillaron al echar a andar y el gemelo de oro que llevaba en el puño de la camisa resplandeció cuando alargó la mano.

Sin pensarlo, Scarlet le dio la suya y volvió a sentirse como si la hubiese alcanzado un rayo.

—Nos hemos conocido esta mañana —respondió Daniel, que después contó que había estado en DC Affairs y que había evitado que Scarlet se cayese de la escalera.

—Menos mal que estabas tú allí —comentó Cara.

Scarlet apartó la mirada de la de Daniel y, al darse cuenta de que no le había soltado la mano, la retiró con suavidad.

—Ya le he dado las gracias al señor McNeal.

—¿El señor McNeal? —repitió Cara haciendo una mueca—. Ahora no estás en el trabajo. Dame esa botella de vino. Max, ¿le puedes servir una copa a Scarlet? Busca algo con burbujas, para celebrar que estamos juntos los amigos.

Max fue hacia el bar, pero miró hacia atrás de una manera extraña. Scarlet se preguntó si Daniel le habría contado ya que se habían conocido y que la había invitado a cenar. Si ese era el caso, seguro que Max le había informado de que tenía pareja…

Si bien Max solo la había visto una vez con Everett, que se había pasado la mitad de la cena hablando por teléfono. Aunque era comprensible. Incluso perdonable. Everett era un hombre muy solicitado.

Daniel la acompañó hacia uno de los sofás que había en el salón. Cara se había sentado ya en el de tres plazas. Max, que le había dado a Scarlet una copa de champán, acababa de ponerse a su lado, así que esta no tenía elección. Se sentó en el sofá de dos plazas, y Daniel, a su lado. Este tenía un vaso, al parecer, con refresco, y propuso un brindis.

–Por el rescate de una damisela en peligro.

Cara levantó su refresco y sonrió.

–Por eso mismo. Aunque creo que es la primera vez que Scarlet necesita que la rescaten.

Daniel arqueó las cejas y sonrió de manera muy sexy.

–¿Es eso cierto?

–De todas mis amigas, Scarlet es la que más soporta la presión.

–No sé –comentó esta, pensando en Ariella, que estaba lidiando muy bien con la prensa.

–Eres el equilibrio personificado.

–¿Y qué haces para relajarte? –preguntó Daniel con toda naturalidad.

¿Para relajarse?

–Bueno… Me gusta esquiar –respondió ella.

–A mí también –comentó Daniel riendo–, aunque en el agua, no en Aspen.

Scarlet no quiso imaginárselo en bañador. Aquellos hombros, aquel pecho… No quería ponerse a hiperventilar.

–También me gusta leer e ir al teatro.

Daniel se quedó pensativo y luego preguntó:

–¿Y te gusta ir sobre dos ruedas?

–Tengo una bici –le dijo ella–, pero no la saco tanto como me gustaría. Montar en bicicleta es un buen ejercicio.

–Me refería a montar en moto.

–Desde que lo conozco –intervino Max–, a Daniel siempre le ha gustado ir por la autopista sobre dos ruedas.

Scarlet forzó una sonrisa educada.

–Me temo que nunca he montado en moto.

–Deberías probarlo –le sugirió Daniel, acercándose a ella un poco más–. Podría darte una vuelta. Seguro que te gusta.

–No lo creo –respondió ella, mirándolo con cautela.

–Deberíamos ir llamando al taxi –comentó entonces Max.

–¿Qué taxi? –preguntó Scarlet, mirando a su amiga.

–Cuando Max ha llegado con Daniel y les he contado que ibas a venir, ha sugerido que podíamos salir todos juntos a cenar algo.

Daniel la miró de manera inocente.

–¿Te apetece venir a cenar?

–Gracias, pero no –respondió ella con el ceño fruncido.

–Scarlet, ¿te encuentras bien?

Al ver a Cara preocupada, Scarlet hizo un esfuerzo por tranquilizarse y recordar dónde estaba y con quién. Siempre intentaba no ser grosera.

Eso era una muestra de debilidad. Y de falta de autocontrol.

—Estoy bien —respondió—. Es solo que no he venido vestida para salir a cenar.

—Estás preciosa, como siempre —dijo Cara.

Acorralada, Scarlet le dio un buen sorbo a su copa de champán. A lo mejor Cara no se había dado cuenta del tira y afloja que tenía con Daniel, pero ella estaba segura, por el brillo de los ojos de este, que Daniel McNeal quería que supiese que estaba decidido a conseguir lo que quería. Pensó en decirle en ese momento que no estaba disponible. Tal vez podía comentar que echaba de menos a Everett.

Aunque no fuese del todo cierto. No hacía ni veinticuatro horas que se había marchado y ella había tenido la cabeza llena de cosas.

—Scarlet ha sido muy amable conmigo esta mañana —comentó Daniel.

—¿Tú crees? —dijo ella.

—Has accedido a ayudarme con algunas de mis ideas para la boda —le recordó él.

—He dicho que lo pensaría.

—¿Qué clase de ideas? —quiso saber Cara.

—Un par de cosillas —respondió Daniel—, no chocarán con la etiqueta ni con el buen gusto.

Dicho aquello, miró a Scarlet con malicia.

—No me extraña nada que Scarlet se haya ofrecido a ayudarte —dijo Cara—. No solo es una gran amiga, sino que es la mejor organizadora de bodas de la zona.

Scarlet deseó decir que sí, que era su amiga y

que haría cualquier cosa por que su gran día fuese perfecto, pero que eso no significaba que fuese a pasar tiempo con Daniel. Este la hacía sentirse incómoda. Inquieta.

¿O se sentía imprudente?

Ella no era así.

Cara se puso en pie.

—Voy a buscar el bolso.

—Espera. Yo también voy a por la cartera y el teléfono móvil —le dijo Max, siguiéndola—. No tardaremos.

—Tomaos el tiempo que necesitéis —les dijo Daniel.

Cuando se quedaron solos, este se limitó a esperar en silencio.

Scarlet, que tenía un nudo en la garganta y se sentía incómoda, por fin consiguió hablar.

—He recibido tus flores —le dijo—. Tengo que admitir que el canguro es muy original.

—Eso ha pensado la florista también.

—Por cierto, que la florista es la mujer a la que has visto en DC Affairs esta mañana, Katie. Es la dueña de la floristería de al lado.

—Ah, ahora lo entiendo. Por teléfono, me ha parecido que se ponía muy contenta con el pedido.

Scarlet no pudo evitar encresparse. No podía más.

—Quiero que sepas que salgo con alguien —le dijo.

Daniel arqueó las cejas.

—¿Y tu amiga, la florista, lo sabe?

–Sí, lo sabe.

–No llevas anillo de compromiso –comentó él–. Así que, dime, ¿vais en serio? Y, antes de que me contestes, quiero que sepas que pienso que eres bella, interesante y un poco mojigata, y que me alegro de que al final hayas accedido a salir conmigo esta noche.

–No he accedido a salir contigo –replicó Scarlet–. ¿Has dicho mojigata?

–No te lo tomes como un insulto. En tu caso, resulta atractivo. Aunque me gustaría conocerte cuando estás menos tensa.

–No estoy tensa –respondió ella, cruzando las piernas y agarrándose las manos sobre el regazo–. Soy cauta.

–Yo creo que deberías montar en moto conmigo –le dijo Daniel, bajando la voz–. Tengo la sensación de que Scarlet Anders es mucho más de lo que dejas ver y me gustaría tener la oportunidad de conocerte de verdad.

Daniel estudió su rostro y su cuello, y ella se sintió aturdida y no pudo evitar acercarse un poco más a él. Entonces lo vio sonreír de medio lado y retrocedió.

–No me mires así. Estás demasiado… –espiró y volvió a inspirar–. Estás demasiado cerca.

–Va a ser difícil –comentó él–. Estar sentado a tu lado toda la noche. Y convencerme a mí mismo de que no debo.

–¿No debes qué?

Y el murmuró con su voz profunda:

–Besarte, por supuesto.

***

Vio cambiar el color de los ojos de Scarlet y Daniel siguió su instinto y se inclinó hacia delante. Llevaba todo el día pensando en aquel momento y estaba a punto de ocurrir.

Entonces oyó una voz que conocía muy bien.

–¿Interrumpimos algo?

Scarlet se puso recta y ambos miraron a Cara, que estaba junto a la puerta y los miraba con curiosidad. Un segundo después, sonreía con malicia.

–¿Estáis hablando de las ideas de Daniel? –preguntó acercándose–. Estoy deseando oírlas.

Scarlet se puso en pie y golpeó la mesa con la pierna. Daniel agarró la copa de champán mientras ella buscaba las palabras.

–La verdad es que, lo siento, pero tengo que marcharme –dijo por fin–. Everett me acaba de enviar un mensaje. Va a llamarme ahora.

Daniel apretó la mandíbula. Así que, cuando se sentía presionado, su ángel era capaz de decir una pequeña mentira.

–¿Everett? –preguntó, sabiendo muy bien quién era.

–Eso es –le dijo ella–. Everett Matheson III.

–Un nombre impresionante –comentó Daniel.

–Es un hombre impresionante.

Daniel pensó que era evidente que no era lo suficientemente impresionante, porque no le dedicaba toda su atención. Y ella necesitaba toda la atención de un hombre. Aunque también era evidente que el tal Everett le interesaba.

–Si quieres hablar a solas con él, puedes ir al despacho o a mi dormitorio –le ofreció Cara.

–A lo mejor tardo un rato –dijo ella, recogiendo su bolso de diseño del sofá y poniéndoselo en el hombro–. No quiero haceros esperar.

Cara arqueó las cejas preocupada.

–Debe de ser algo importante.

Scarlet asintió.

–Sí, lo es.

Al llegar a la puerta volvió a disculparse, le dio un abrazo a Cara y aceptó un beso de Max en la mejilla. Daniel, por su parte, se ofreció a acompañarla a la calle.

–No hace falta –respondió ella con firmeza.

–Lo que quería decir es que yo también me marcho –le explicó él a Max y a Cara–. No os hace falta carabina.

–No nos molestas. Además, Max y tú casi nunca os veis –comentó Cara.

Pero Max intervino.

–Ya estaremos juntos otro día.

Mientras bajaban en el ascensor, tanto Scarlet como Daniel guardaron las distancias.

–Por nuestros amigos –le advirtió ella con la vista clavada en las puertas de metal–, vamos a llevarnos bien. Y quiero dejarte claro, de una vez por todas, que eso no va a ser posible si estás constantemente tirándome los tejos.

–Lo sé.

Ella lo miró sorprendida.

43

—¿Lo sabes?

—Y a pesar de querer seguir haciéndolo, voy a parar.

Scarlet arqueó una ceja, se cruzó de brazos y volvió a mirar al frente.

—Está siendo demasiado fácil.

—Es la verdad.

A lo mejor en un futuro podían estar juntos, pero en esos momentos lo primero eran sus amigos y él tenía que respetar los límites que Scarlet le marcaba. Daniel era decidido y competitivo por naturaleza, pero no antisocial.

—¿Podemos empezar de cero? —le preguntó.

—¿Solo como amigos? —preguntó ella—. La verdad es que no sé si puedo confiar en ti.

—Te enviaré referencias.

—Sí, claro, a lo mejor deberías.

Pero al salir del ascensor y atravesar el vestíbulo, Scarlet anduvo más relajada, ya no parecía tan incómoda.

—Si Cara confía en Max y Max confía en ti —comentó mientras Daniel le abría la puerta de cristal—, supongo que yo también puedo intentarlo.

Salieron a la calle juntos. Estaba lloviendo.

—Hasta pronto —le dijo él.

—Sin duda —respondió ella sonriendo de verdad.

Daniel fue hacia el aparcamiento. Antes de torcer la esquina, miró hacia atrás y se dio cuenta de que Scarlet estaba esperando un taxi. Pasó uno, pero no paró, y el siguiente tampoco lo hizo, así que Daniel volvió a su lado.

Scarlet estaba concentrada buscando algo en su bolso y se sobresaltó al percatarse de su presencia.

–Daniel, pensé que te habías marchado.

Él señaló el aparcamiento.

–Tengo el coche allí.

–Puedo cuidarme sola.

–Esto no es negociable. Nuestros amigos jamás me perdonarían si supiesen que te he dejado aquí sola, esperando bajo la lluvia.

–Si Cara supiese cuáles son las circunstancias…

–Te diría que dejases a un lado tu orgullo y aceptases mi ofrecimiento –respondió él–. La espera su carruaje dorado.

Ella se dispuso a rechazarlo de nuevo, pero el viento empezó a soplar con más fuerza y cambió de opinión. Echó a andar hacia el aparcamiento y Daniel la siguió.

Unos segundos después estaban en el coche y Daniel arrancaba el motor. Puso el limpiaparabrisas en funcionamiento y, después de que Scarlet le diese su dirección, pisó el acelerador.

Durante los siguientes minutos, Scarlet se fue relajando. Incluso empezó una conversación, pero Daniel imaginó que lo hacía solo por educación.

–¿Tu familia vive en Australia? –le preguntó.

–Mi padre está en Sídney. En realidad, es mi padre adoptivo –se corrigió–. Mi madre falleció.

–Oh, Daniel, lo siento. Habría estado muy orgullosa de ti. ¿Eras muy pequeño?

–Tenía edad suficiente para acordarme de ella

–respondió, tragándose la amargura que sentía cada vez que pensaba en aquellos años, en lo ocurrido y en el precio que todos habían tenido que pagar.

Era un tema del que nunca hablaba. Ni siquiera con su mejor amigo. Con nadie. Pero Scarlet no tenía por qué saberlo.

–¿Y tu padre? –continuó esta–. Tu padre biológico, quiero decir. No pretendo entrometerme.

–Es una pregunta lógica, dada la situación de Ariella Winthrop. Supongo que pronto sabremos la verdad.

–Supongo que sí.

Daniel la miró de reojo. Scarlet tenía la mirada clavada en la carretera y los labios apretados. ¿Sabía más que el resto del mundo?

Era normal que Ariella hubiese querido compartir los resultados de la prueba de paternidad con sus mejores amigas, pero Scarlet no era de las que traicionaban a nadie.

–En cualquier caso, esa historia va a dar mucho de qué hablar a los medios durante una buena temporada –comentó él.

–Tú también estás en el negocio del intercambio de información –señaló Scarlet.

–Sí, pero en Waves lo importante es la libertad de expresión. Todos los días, personas como tú y como yo deciden de qué hay que hablar.

–¿Te definirías como alguien normal y corriente?

–Soy un tipo muy normal.

–Me alegra saber que el dinero no te ha afectado. Ignoraremos el hecho de que vamos en un Lamborghini.

Como no había tráfico, Daniel cambió de marcha y le demostró a su acompañante por qué le encantaba aquel coche. Cuando levantó el pie del acelerador y Scarlet volvió a relajarse, él le preguntó:

—¿Y tu familia?

—Te hablaré de ella si me prometes no volver a hacer eso.

Él redujo otra marcha.

—También vive en Georgetown —le dijo ella.

—¿Cerca de ti?

—Estamos muy unidos. Aunque nuestra relación es muy sana. Yo tomo mis propias decisiones. Ya sabes. Dirijo mi vida.

Daniel se echó a reír.

—No te esfuerces tanto en convencerme.

Ella guardó silencio unos segundos antes de añadir:

—La verdad es que… en ocasiones sacan conclusiones de manera precipitada, pero supongo que casi todas las madres son así. Sobreprotectoras.

Él respiró hondo y volvió a tragarse el maldito dolor.

El GPS le dio un par de instrucciones más y llegaron a una zona de casas caras. Había dejado de llover, así que paró los limpiaparabrisas. Cuando no apagó el motor, Scarlet pareció sorprenderse.

—¿No me vas a acompañar hasta la puerta?

—No quieres que lo haga.

—Veo que te estás esforzando de verdad —comentó, ladeando la cabeza—. A no ser que pretendas utilizar la psicología inversa para atraerme todavía más hacia tu red.

Él levantó ambas manos.

—No hay ninguna red. Ni siquiera he visto la última película de *Spider-Man*. Todavía.

—Yo la he visto dos veces. Hasta el último título de crédito.

—Es que una película no se termina hasta que no terminan los títulos de crédito.

—Ahora te estás burlando de mí.

—Eso, jamás.

Scarlet intentó contener una sonrisa.

—Y yo que pensaba que eras de los que disfrutaban haciendo perder los estribos a personas inocentes, como yo.

—Solo lo hago si estoy seguro de que no me van a pegar.

—Entonces debería advertirte que tengo un potente gancho derecho.

—Por eso te respeto tanto.

Ella volvió a combatir una sonrisa.

—Sí, ¿no?

—Sí. De verdad.

Scarlet tenía los ojos radiantes. Su rostro brillaba. No había en ella ninguna pretensión. Parecía hasta vulnerable.

Entonces, como si se hubiese dado cuenta de repente de su fragilidad, dejó de sonreír. Al mismo tiempo, el espacio que había entre ambos pareció disminuir. Y él volvió a mirarla como había prometido que no la iba a mirar.

Agarró el volante de cuero con fuerza. No podía dejarse llevar por el deseo, por fuerte que fuese.

Pero se acercó.

Entonces sus labios tocaron los de ella, que cerró los ojos y suspiró. Daniel esperó a que se apartase. A que le diese una bofetada. Pero lo segundos fueron pasando y lo único que hizo Scarlet fue acercarse más a él. A pesar de sus objeciones, aquello era inevitable.

Daniel apoyó la mano en su cuello y notó su pulso, rápido y firme. Entrelazó la lengua con la de ella y la agarró por la parte trasera de la cabeza. El beso se hizo más profundo y el deseo de Daniel aumentó.

Cuando sus labios empezaron a separarse, no se enfadó. Miró su rostro entre las sombras y le acarició la mejilla. Ella abrió los ojos muy despacio y lo miró.

—No vuelvas a hacerlo –le dijo.

—Entonces, no puedo volver a verte nunca jamás.

—Que así sea.

A Daniel le entraron ganas de echarse a reír. Qué testaruda era.

—Entiendo que no quieras mezclar el trabajo con el placer –le aseguró–. Y, además, he oído que sales con un tipo que hasta tiene un número detrás de su apellido…

—Estoy prometida –le dijo ella–. Voy a casarme.

A él no le gustó oírlo. No era posible. No podía serlo.

–No te creo.

–Todavía no lo hemos anunciado. Everett me lo pidió anoche. Me están ajustando el anillo, que pertenece a su familia.

Daniel se sintió como si acabasen de darle una patada en el estómago. Agarró el volante.

–Ahórrate los detalles –gruñó.

Aunque sí había una cosa que quería saber. ¿Por qué iba a casarse con un tipo al que no amaba? Porque, a pesar de no haber estado enamorado nunca, Daniel sabía que el día que le ocurriese no querría besar a ninguna otra mujer.

Aunque, en aquel caso, había sido él quien había insistido.

Cerró los ojos y se pellizcó el puente de la nariz.

–Lo siento –dijo–. No soy un buen perdedor.

–Y yo soy una novia horrible –comentó Scarlet, apoyando la cabeza en el respaldo–. Me siento fatal…

–Asumo mi responsabilidad.

–No, la culpa es mía –le dijo ella–. Cuando dije que no me fiaba de ti debí decir que no me fiaba de mí misma.

Scarlet salió del coche dejando a Daniel completamente desconcertado. Ella, por su parte, tenía las cosas claras.

Cerró la puerta del coche y fue hacia su casa, y

casi se preguntó si no iba a seguirla. Al ver que no lo hacía, se sintió aliviada por dos motivos: en primer lugar, porque no quería que lo que acababa de ocurrir volviese a suceder. Jamás.

En segundo lugar…

Necesitaba hablar con Everett de inmediato.

Abrió la puerta y, aturdida, entró en el salón. Marcó el número de teléfono de Everett y esperó a que contestase. Al ver que saltaba dos veces el contestador, fue de un lado a otro y puso un CD. Pero, en esa ocasión, Bach no la tranquilizó, sino que la puso todavía más nerviosa.

Apagó la música y volvió a intentar llamar a Everett, que, en esa ocasión, sí respondió.

—Estaba saliendo a cenar —le dijo este—. Tengo la cabeza llena de números, todos buenos.

Se echó a reír y Scarlet se dio cuenta de que aquel era un sonido que nunca le había gustado.

—Goodman me ha pedido que me quede aquí un par de días más. Quiere presentarme a unos amigos.

—Eso es estupendo —le respondió ella—, pero, Everett, necesito hablar contigo…

—Ya sé que te dije que serían solo un par de días, pero no puedo dejar escapar esta oportunidad. Ya sabes que te echo de menos.

Ella se frotó la frente. De repente, le dolía muchísimo la cabeza.

—No es eso.

—Entonces, me llamas por el anillo. Cómo sois las chicas —bromeó—. No te preocupes, lo he dejado en manos de mi madre. No le ha hecho gracia tener que ajustarlo, pero le he dicho que soy yo el que se va a casar. No ella.

Scarlet pensó en la señora Matheson y en que siempre torcía el rostro cuando la saludaba, por muy educada que ella fuese. A lo mejor lo hacía porque pensaba que le estaba robando a su hijo.

O tal vez porque había sentido algo de lo que ella no se había dado cuenta hasta entonces. Que no solo no quería a Everett, sino que ni siquiera le gustaba. No le gustaba su manera de peinarse, ni cómo le hablaba a los camareros, ni el hecho de que su trabajo fuese lo más importante para él.

Si Daniel no la hubiese besado esa noche, habría seguido creyendo que casarse con Everett era la decisión correcta. De hecho, nunca se había fijado en ningún otro hombre. Everett era honrado, predecible. Piadoso. Como sus propios padres. Jamás había pensado en aceptar algo diferente. Nunca había aceptado la existencia de emociones intensas como la euforia, la pasión.

Everett seguía hablando de leyes tributarias y paraísos fiscales cuando lo interrumpió.

–Everett, no puedo casarme contigo.

Él se quedó en silencio. Luego se aclaró la garganta. Scarlet se imaginó sus grandes fosas nasales dilatadas.

–¿Puedes repetírmelo?

–Lo siento. Lo siento mucho. Pensé que estaba segura.

–¿Qué ha cambiado?

Ella pensó en la música clásica que solía escuchar, y luego se acordó del canguro con la pajarita. Una imagen de la catedral pasó por su mente, junto a otra de una moto. Entonces se imaginó un montón de cenas de negocios y de noches de soledad, frente a la magia de un solo beso.

Cerró los ojos y se tocó la frente.

—No podemos casarnos.

Everett exhaló casi con paciencia.

—¿Quieres que vuelva a casa?

—Eso no cambiaría nada.

—¿Y no podías esperar a decírmelo a la cara?

—Me gustaría que pudiésemos seguir siendo amigos —le dijo ella.

Pero Everett Matheson III ya le había colgado el teléfono.

Capítulo Cuatro

Entre los esmóquines y los elegantes trajes de noche, Daniel no pudo evitar que todos sus sentidos se centrasen completamente en ella y que dejase de prestar atención a la conversación en la que estaba participando.

Llevaba un vestido cuyo corpiño dorado se ceñía a su cuerpo, con una abertura en el centro y una discreta cola que le tapaba los talones, pero lo más espectacular era su melena rojiza, larga, exuberante, hipnótica. Tal y como él la había imaginado.

Scarlet, que estaba conversando con una decana de la alta sociedad de Washington, debió de decir algo gracioso, porque su compañera se echó a reír. Ella lo hizo también y Daniel no pudo evitar sonreír al verla. Como era una profesional de las relaciones públicas, se despidió educadamente y se marchó. Daniel también se excusó y se separó del grupo en el que estaba. Vio a Scarlet beber de su copa y mirar a su alrededor; cuando se dio cuenta de que se estaba acercando a ella, puso los hombros rectos y su bonito rostro cobró vida de tal forma que a Daniel se le aceleró el pulso todavía más.

Había mantenido las distancias después de aquella noche una semana antes, después de aquel inolvidable beso. Scarlet Anders estaba comprometida con otro hombre. Sintiese lo que sintiese él, aunque se le hiciese un nudo en el estómago y notase calor en el pecho siempre que pensaba en ella, no podía ser. No obstante, allí, en público, no podía fingir que no la había visto. Por educación, tenía que saludarla e intercambiar cumplidos.

—Qué sorpresa —le dijo, deteniéndose ante ella mientras la elegante multitud bullía a su alrededor.

—Daniel —respondió ella, espirando—. No esperaba verte aquí.

—En circunstancias normales no me gustan estas galas, pero esta noche es el segundo motivo por el que estoy en Washington. Hace mucho tiempo que participo en esta organización benéfica.

Ella frunció el ceño, confundida, pero enseguida se respondió a sí misma la duda que tenía.

—Ah, claro, es que la sede está aquí en Washington, pero es una organización internacional.

A partir de ese momento, Daniel tuvo la sensación de que lo miraba con otros ojos.

—Entonces, ¿te interesa ayudar a los jóvenes a encontrar su camino? —añadió ella.

—Me interesa eso, y también me interesan las buenas subastas —respondió Daniel—. ¿Y tú?

—Contrataron a DC Affairs para ocuparse de los aperitivos, las bebidas y otras cosas poco importantes. Hace un mes recibí una invitación personal, pero he venido sobre todo a supervisar nuestro trabajo. Mis padres también están por ahí.

Daniel siguió su mirada por el salón de altos techos, convertidos en un lienzo de brillantes estrellas, y bordeado de columnas doradas de estilo corintio. Los camareros iban uniformados, pero algunos se desplazaban en patines.

–¿Y los patines?

–He combinado una representación fluida de la juventud de hoy en día con la idea de intentar alcanzar las estrellas, la industria, y con la visión de la antigua Grecia.

Representada por las columnas.

–Una mezcla valiente –comentó Daniel, mirando a su alrededor–, pero funciona.

–Me alegro de que te guste.

–Bueno, ¿y cómo va la organización de la boda? –le preguntó él, para evitar decirle lo impresionante que estaba.

Ya que eso, como diría Scarlet, no habría sido apropiado.

–Todos los planes de Cara están saliendo estupendamente.

–Yo me refería a tus planes.

La expresión de Scarlet se marchitó un instante, pero entonces levantó la barbilla de manera orgullosa.

–La verdad es que he roto el compromiso.

A Daniel se le subió el corazón a la garganta. No se lo había esperado.

Ya no iba a casarse por obligación, lo que significaba que podía volver a tener esperanzas, pero lo mejor sería no precipitarse. Tal y como la propia Scarlet le había demostrado una semana antes en el salón de sus amigos, a veces era mejor mentir un poco.

—Lo siento mucho —comentó—. Supongo que Matheson se habrá llevado una gran decepción.

—Seguro que ha sido un duro golpe para su ego, pero también sé que va a seguir con su vida.

—Un buen hombre siempre supera los obstáculos que se le presentan en la vida.

La sonrisa de Scarlet lo dijo todo.

—¿Cómo van las cosas por Waves? —le preguntó, cambiando de tema.

—Todo muy bien. Espero volver a Sídney la semana que viene, y luego regresaré aquí para la boda.

Como era el padrino, quería darle un toque personal a la boda de su amigo, pero sabía que a Scarlet no le gustaría ninguna sorpresa poco ortodoxa en una de sus bodas.

—¿Estás deseando volver a casa y recorrer en tu moto la Great Ocean Road? —dijo Scarlet.

—Tú también quieres hacerlo, ¿verdad? Admítelo.

Ella se echó a reír.

—No.

—Has empezado con los patines, pronto comenzarás a mirar las Vespas. Después te apetecerá montarte en algo más potente. En algo grande, fuerte y caliente.

—Tu moto.

–También.

Ella abrió mucho los ojos y se ruborizó.

–Cómo te gusta provocar, Daniel.

–La verdad es que me gustas tú, Scarlet. Y mucho.

Ella miró nerviosa a su alrededor.

–No sé si te has dado cuenta de que estamos en público.

–No tenemos por qué estarlo.

Ella se quedó boquiabierta, pero Daniel tuvo la sensación de que se sentía más tentada que indignada. Estupendo. Podía hacerse la tímida, pero había roto su compromiso por lo que sentía por él y, una vez libre, todo era posible.

–Estábamos hablando de planear una fiesta –le recordó ella–. La semana pasada terminé otros trabajos que tenía pendientes para poder centrarme solo en la boda de Cara y Max. He avanzado mucho, pero todavía quedan muchos detalles importantes.

Inclinó la cabeza y un pendiente de diamantes brilló bajo la luz de las lámparas.

–Me estás mirando de una manera muy rara –añadió.

Fijamente, con deseo. Sí.

–Yo pienso que deberíamos olvidarnos del trabajo y disfrutar de la velada –le respondió él.

–Pensé que ya lo estábamos haciendo.

–Debí haber dicho disfrutarla más.

Daniel le quitó la copa de la mano y la dejó en la bandeja del primer camarero que pasó por su lado. Luego entrelazó su brazo con el de ella y la llevó hasta la pista de baile. Una vez allí, puso una mano en su delgada cintura y con la otra le agarró la suya. Se acercó hasta que la frente de Scarlet tocó la solapa de su chaqueta y empezaron a bailar con el brillo de todas las estrellas del techo reflejado en sus ojos.

Scarlet se movió a la vez que él, sin apartar la mirada de sus ojos, mientras él inhalaba su olor y se empapaba de aquel momento. Con cada compás de la música y con cada latido de su corazón, deseó confesarle cada vez más lo mucho que necesitaba que se diesen un segundo beso.

–¿Cómo está tu amiga Ariella? –le preguntó en su lugar.

–Extraordinariamente bien, teniendo en cuenta cómo la está acosando la prensa. La peor, ANS. Los directivos de esa cadena no tienen escrúpulos. ¿Qué clase de personas disfrutan persiguiendo a un ser humano, provocándolo y esperando a que se derrumbe para grabarlo y tener cinco segundos de fama? –dijo–. Es asqueroso.

–No todos los periodistas son así –respondió él, pensando en Max.

–Lo sé. Menos mal.

–Tengo entendido que Ted Morrow y Ariella todavía no se han visto. Cuando se hagan públicos los resultados de las pruebas, la Casa Blanca querrá asegurarse de que el siguiente movimiento del presidente sea el más adecuado.

–No quiero pensar cómo estará Ariella por dentro. Sus padres fallecieron hace varios años.

–Me lo ha contado Max.

–Eso da que pensar, ¿no? ¿Cómo sería recuperar a tu verdadero padre?

Daniel se puso tenso, pero arqueó las cejas y respondió.

–Estoy seguro de que es difícil –respondió él, haciéndola girar–. ¿Te interesa alguno de los objetos que se van a subastar?

–La semana de vacaciones en una exclusiva isla de la Gran Barrera de Coral, donada por un benefactor anónimo.

–Me preguntó quién será.

Ella hizo una mueca.

–Umm. No sé.

–Pero te recomiendo el viaje.

Además, sabía quién sería su acompañante ideal. Y que podrían pasarlo muy bien.

–Nunca he estado en Australia. Está tan lejos…

–No se lo digas a nadie, pero es verdad, está muy lejos.

–Y esa enorme roca roja en el medio…

–Uluru.

–Debe de ser muy bonita.

–Sobre todo al amanecer y al atardecer.

Ella apartó la vista, como imaginándoselo.

–¿Cuál es tu lugar favorito de Australia? –preguntó después.

–Lo que más me gusta son sus playas. El agua. Tengo un yate en el puerto de Hinchinbrook, al sur de Cairns.

–Cerca de la Gran Barrera de Coral.

–¿Has buceado alguna vez?

—Tengo la piel muy clara y no me sientan bien los rayos ultravioletas.

—Imagina tortugas de cien años nadando a tu lado, tan cerca que puedes tocarlas. Bancos de peces brillantes ante tus ojos. El coral vivo. Azules brillantes, naranjas e increíbles verdes. Como tus ojos —le dijo Daniel—. Y esto no tiene ninguna connotación sexual.

—Sí la tiene, pero supongo que no tiene sentido intentar evitar el tema. No puedo negar que el beso que nos dimos estuvo bastante bien.

—Yo no lo calificaría de «bien».

—Lo cierto es que… yo soy quien soy y tú… eres diferente. Vivimos en mundo diferentes. Tal vez podríamos decir que hasta en galaxias diferentes.

—¿Nunca has oído decir que los polos opuestos se atraen?

—A ti no te gusta el sistema. De joven, te rebelaste contra él. Según he leído en los últimos días, estabas destinado a caer en la delincuencia.

Daniel estuvo a punto de tropezar. ¿Hasta dónde lo habría investigado Scarlet?

—Tuve la suerte de que me ayudaran a salir de ahí.

—Al parecer, eres un genio, y también algo excéntrico —continuó ella—, disfrutas más escuchando música heavy metal que tomándote un vino antes de ir a la ópera.

—¿A ti te gusta la ópera? —le preguntó él.

—Me gusta toda la música clásica en general.

—Pero si no tiene guitarras eléctricas.

Ella suspiró.

—Si, por cualquier motivo, estuviésemos juntos y… ya sabes…

—Continúa.

—La prensa se dispararía con la historia. Todo el mundo pensaría que Scarlet Anders se ha vuelto loca al salir con un mujeriego loco por el deporte y nada tradicional que, después de haber acumulado una inmensa fortuna, solo piensa en perseguir todo tipo de placeres.

—Yo creo que te has pasado. No estoy loco por el deporte.

—Cuando el hechizo se rompiese y ambos volviésemos a nuestras vidas, tú seguirías con la tuya como siempre, pero ¿te imaginas el daño que sufriría mi reputación?

Él lo pensó y llegó a una conclusión de la que ya era consciente.

—Vives siempre pendiente de lo que piensan los demás.

—Créeme si te digo que aquí eso es importante. El mercado de DC Affairs es la clase alta de Washington. ¿Cómo van a confiar en una mujer que se ha vuelto completamente loca y se ha ido de juerga nada más romper una relación estable?

—¿Te he dicho ya que tengo un tatuaje? Supongo que eso tampoco ayudaría.

Ella suspiró.

—No me estás escuchando.

—No me gusta lo que estoy oyendo.

—Pues óyelo. Jamás tendré nada contigo. No es inteligente.

–Y tú eres una chica inteligente –comentó él sin dejar de bailar–. Entonces, ¿no quieres volver a verme?

–Es mejor que solo nos veamos en relación con Cara y Max.

–De acuerdo.

Scarlet echó la cabeza hacia atrás.

–¿Estás de acuerdo?

–A lo mejor se me considera peligroso y no conozco ni un aria, pero soy un caballero.

Ella sonrió con malicia.

–O eso es lo que quieres que piense.

–No me dejaré llevar por el cavernícola que hay en mí. Por mucho que lo desee, jamás te echaré sobre mi hombro para llevarte a la cama –le dijo–. Salvo que tú quieras que lo haga.

Y, a juzgar por el modo en el que lo estaba mirando, Daniel pensaba que todavía era posible.

Pero ella se apartó un poco.

–Eres incapaz de ser sutil, ¿no? –le preguntó.

–Digo lo que pienso…

–Y yo pienso lo que digo.

Scarlet lo soltó y, ruborizada, se marchó. Al cavernícola que había en él no le gustó. Se pasó la mano por el pelo y la siguió.

–Dices lo que el sistema quiere oír –le dijo mientras pasaban junto a otros invitados–. Eso es ser fiel a una imagen, no a ti misma. No eres feliz.

Ella dejó de andar y lo miró.

–Y supongo que tú podrías hacerme feliz. O, más bien, arruinar mi reputación. No creo que a mis padres les parezca bien que su hija única salga con un hombre que se plantea la posibilidad de posar desnudo para un calendario.

–No me digas que ya has intentado reservar uno.

–No tengo ningún interés en verte desnudo.

Él se acercó demasiado y susurró:

–Mentirosa.

Una autoritaria voz de mujer los sobresaltó a ambos.

–Scarlet, ¿te importaría presentarnos a tu acompañante?

Daniel retrocedió. Era una mujer de cincuenta y tantos años que se mantenía bien, guapa y que lo miraba con una mezcla de curiosidad y de desaprobación. Era evidente que había oído parte de su conversación.

–Daniel McNeal –dijo Scarlet–, quiero presentarte a mis padres, el señor y la señora Anders.

–Fundador de Waves. Ha hecho una importante donación, señor McNeal –comentó el señor Anders–. Supongo que es usted el benefactor anónimo.

–Espero que haya alguna puja decente –comentó él en tono cordial.

–He oído que es un hombre hecho a sí mismo –continuó el padre de Scarlet.

–En realidad, tuve un poco de ayuda al principio.

–¿De su padre?

A Daniel se le cerró el estómago. Su padre había contribuido, sí, pero a arruinarle la vida a un niño.

–En realidad, de un profesor de Física –respondió él– que me dedicó mucho tiempo y energía.

–McNeal… –comentó la señora Anders, tocándose la barbilla con la copa de champán–. Irlandés, supongo.

–Eso es, señora. Un antepasado mío viajó de Irlanda a Australia en el siglo XIX.

–Es bueno enorgullecerse de sus orígenes –dijo ella–. Ah, mira, los Bancroft. Scarlet, ¿te acuerdas del verano que pasamos con ellos y con su hijo, Thomas, en los Hamptons?

–¿Cuando tenía nueve años? –preguntó Scarlet perpleja.

–Tocaste Chopin para todos, ¿recuerdas?

–No tocaba nada bien –comentó ella.

–Eras muy madura para tu edad –replicó su madre–. Lo sigues siendo. Tan inteligente y responsable.

Luego miró a Daniel y añadió:

–Su padre y yo estamos muy orgullosos de nuestra niña.

La risa de Scarlet dejó entrever que sentía vergüenza.

–Mamá, ya no soy una niña.

–Tenemos que ir a hablar con los Bancroft antes de que se marchen. Señor McNeal, discúlpenos. Scarlet, ven en cuanto estés libre. Estoy segura de que Thomas se alegrará de verte.

El señor Anders inclinó la cabeza y cuando ambos se hubieron marchado, Daniel comentó:

–Así que tus padres ya saben que tu Príncipe Azul III ha pasado a la historia.

–Todo el mundo lo sabe.

–Y buscan otro candidato.

Al parecer, Thomas Bancroft.

–Mis padres quieren verme feliz –le dijo ella–. Instalada.

–¿O atrapada?

Scarlet gimió.

–Necesito tomar el aire.

Avanzaron entre la multitud hacia las puertas de la terraza, que estaba vacía. Scarlet se detuvo en la barandilla y, aparentemente ajena al frío de la noche, miró hacia las luces de la ciudad.

–No espero que lo entiendas.

Daniel se maldijo. No quería hacerle daño, pero no pudo evitar comentar:

–Si me estás hablando de pedigrí y de dinero de toda la vida, no, me temo que no lo entiendo.

Ella se giró hacia las puertas del salón y Daniel creyó ver lágrimas en sus ojos. Era fácil adivinar que Scarlet se sentía presionada, por sus padres y por su propia idea de lo que era decente y correcto. Y él no la estaba ayudando.

Pensó en decir algo más. En intentar reconfortarla. En su lugar, le acarició suavemente el hombro. Ella empezó a relajarse. Espiró y, rindiéndose, se apoyó en él. Daniel cerró los ojos. Le encantaba aquella sensación.

–No quiero discutir contigo –le dijo Scarlet.

–Ni yo contigo.

–Aceptemos que no estamos de acuerdo.

–Lo que tú quieras.

–Por favor, no me trates con condescendencia.

–Tienes razón. Lo siento.

Daniel creyó notar que sonreía.

–No necesito que nadie me diga lo que es mejor para mí –dijo ella.

–Pero no incluyes a tus padres en esa declaración.

–Ellos solo quieren que esté bien.

–Yo diría que quieren que te cases bien.

Scarlet se puso tensa, retrocedió y lo miró.

–¿Y qué tiene eso de malo? ¿Qué tiene de malo escoger un compañero de vida educado, que tenga una familia que lo apoye, que pueda mantener a su esposa y a sus hijos?

–Nada. Siempre y cuando lo hagas por los motivos adecuados.

Ella se cruzó de brazos.

–Dada tu reputación… Dudo que seas la persona más adecuada para hablar de amor.

–Pero yo jamás me vendería.

La expresión de Scarlet se endureció.

–Creo que esta noche ya he cumplido con mis obligaciones en este evento. Te ruego que me excuses.

–No hace falta que seas tan educada –le dijo Daniel antes de que se marchase–. Al menos, conmigo.

–Te equivocas. Debo serlo, especialmente contigo.

A petición de unos clientes, Scarlet estaba intentando recrear una isla paradisiaca en una de las salas de exposición de DC Affairs. Había palmeras, telas azules colgadas y un altar de arenisca rodeado de brillantes estrellas de mar. Scarlet esparció flores de hibisco entre las palmeras y colocó el velo al maniquí de la novia. Todo estaba preparado para cuando llegasen los clientes, en una hora.

Hasta entonces, tendría que mantener su mente y su cuerpo ocupados para evitar unos recuerdos que no conseguía bloquear.

Desde que se había alejado de Daniel en el acto benéfico que había tenido lugar dos noches antes, no había podido dejar de pensar en él. Necesitaba convencerse de que pertenecían a dos mundos diferentes y que jamás estarían de acuerdo. Sobre todo, en la mayoría de las cosas importantes. Ella no necesitaba aquella angustia. Aquella duda que la corroía.

¿Por qué la afectaba Daniel de aquella manera?

Mientras cambiaba de sitio la escalera y escogía media docena de flores, se recordó que había química entre ambos, y mucha. Pero eso no significaba que se debiese dejar llevar por la atracción.

Para empezar, ella no pasaba los fines de semana disfrutando de lo que sin duda tenía que ser un sexo increíble con un hombre al que casi no conocía. Tenía que pensar en su reputación.

Y, para continuar, estaba enfadada con él.

No le gustaba nada su táctica para llevársela a la cama. Scarlet no tenía intención de venderse. Ese era casi motivo suficiente para compartir la falta de tacto de su madre.

El origen de la familia Anders se remontaba a principios del siglo XVII. A veces, su madre pensaba que eso le daba derecho a despreciar a otras personas menos afortunadas de la zona... en especial, a personas cuyos antepasados hubiesen llegado de otro país, por ejemplo, encadenados en el casco de un barco cárcel. Fuesen cuales fuesen sus raíces, y sus demás limitaciones, Scarlet tenía que admitir que Daniel McNeal era un hombre inteligente, elocuente y divertido. Además tenía una sonrisa capaz de iluminar una ciudad pequeña y, probablemente, el corazón de cualquier mujer.

Además, a Daniel le importaba su amigo Max Grayson lo suficiente como para entrar en una empresa como aquella. La mayoría de los hombres no se molestaba en preocuparse de los detalles de una boda, y ella lo sabía por experiencia profesional. Todo el mundo solía pensar que las bodas eran cosa de mujeres. No obstante, Daniel quería participar.

Así se habían conocido y eso había cambiado su vida. Si no hubiese sido por Daniel y por el extraordinario beso que este le había dado, se habría casado y habría cometido un grave error, pero eso no significaba que tuviese que caer de rebote en manos de un chico malo.

Cada una de las salas de exposición de DC Affairs tenía un espejo de cuerpo entero y de tres lados. Scarlet se miró en él. Llevaba puesto un vestido de lino blanco que se había comprado hacía poco tiempo en una boutique de lujo. Los zapatos también eran de la semana anterior. Como de costumbre, llevaba el pelo recogido de manera profesional y que le sentaba bien a su rostro ovalado.

Se preguntó si el día de su propia boda, fuese quien fuese el novio, llevaría el pelo recogido o suelto, como el sábado por la noche. Siempre le había gustado la idea de ponerse una tiara a la que fijar el velo. La única que tenía en esos momentos era de perlas de imitación.

Miró el velo del maniquí. Todavía faltaba una hora para que llegasen sus clientes y Lee había salido a comer. Y aunque alguien la sorprendiese, se dedicaba a planear bodas, así que no era tan grave. Se pasaba el día rodeada de ese tipo de cosas. La cuestión era por qué no se le había ocurrido hacer aquello antes. A las mujeres les encantaba probarse ropa, disfrazarse.

A veces, necesitaban soñar.

Se soltó el pelo y se puso la tiara de perlas con el velo en la cabeza. Colocó la cascada de encaje alrededor de sus pies y se puso muy recta. Entonces estudió su imagen en el espejo y se emocionó.

Se imaginó con un vestido largo y con mucha pedrería. El ramo sería de lilas, atadas con un lazo blanco que le llegaría hasta los pies. Luego cambió de idea y las lilas se convirtieron en una única rosa de color coral, y pensó también en la pajarita del canguro.

Al principio, frunció el ceño, pero después sonrió.

«La señora de Daniel McNeal».

Poco a poco volvió a poner los pies en el suelo, pero le quedó la ligera sensación de estar fuera de tiempo y de lugar. La vida estaba hecha de una cadena de decisiones. Se podía tardar años en enmendar una mala decisión. Su padre se lo había dicho muchas veces. Además, Daniel y ella no se parecían en nada, y eso no cambiaría por mucho que fantasease con él.

Se quitó el velo y se dio la vuelta para darle la espalda al espejo. Iba a volver a dejarlo en el maniquí cuando notó que la tela se tensaba y miró atrás. La punta del velo se había quedado atrapada bajo una de las patas de la escalera.

Habían encerado el suelo la noche anterior y sus zapatos eran nuevos. Al inclinarse para mover la escalera y soltar el velo, se escurrió y cayó.

Pero en esa ocasión no había nadie para sujetarla.

Capítulo Cinco

Daniel entró en DC Affairs sabiendo que ir allí, fuese cual fuese el motivo, era un error. Era evidente que Scarlet no quería volver a verlo. Antes de salir de su ático, Morgan le había dicho que estaba loco, pero no había podido evitarlo. Había tomado una decisión.

Tenía que volver a hablar con ella.

Tenía que despedirse.

Mientras atravesaba la recepción pensó en todas las cosas que tenía que terminar de hacer ese día, como confirmar que su jet privado estaba preparado para viajar y despedirse de Max y Caroline. Aunque iba a volver a Estados Unidos para la boda y también si era necesario que prestase declaración ante el comité contra la piratería.

Pero lo cierto era que aquella ciudad, con sus escándalos y tira y aflojas políticos, no le gustaba nada. Tanto jaleo lo volvía loco. Max y Scarlet estaban acostumbrados. Al día siguiente, volvería a ver las playas de arena blanca y a oler los eucaliptos de su querida tierra.

El mostrador de recepción estaba vacío y todo estaba en silencio, pero en la puerta había un cartel de *Abierto*. Lo normal era que una de las tres amigas, Ariella, Caroline o Scarlet, estuviese allí.

Daniel se frotó el cuello y se miró el reloj. A lo mejor debía limitarse a dejar una nota que dijese: *Buena suerte. Sin rencor.*

Rencor, no, pero otros sentimientos, sí.

Por un momento, recordó la imagen de Scarlet bajo la luz de la luna, con aquel vestido de noche, pero no quería disgustarla. Y, sobre todo, no quería hacerle daño.

De hecho, lo mejor sería hacer lo que Morgan le había sugerido y salir de allí antes de empeorar las cosas todavía más.

Estaba casi en la puerta cuando oyó un ruido al fondo del pasillo. Se detuvo. Se había caído algo al suelo. Después, todo se quedó en silencio.

–¿Todo bien? –preguntó él en voz alta.

Pero nadie respondió. Así que siguió su instinto y se dispuso a investigar.

Entró en la primera habitación, en la que había visto a Scarlet por primera vez, pero estaba vacía. Entonces oyó otro ruido, y pasó a la habitación siguiente.

Allí vio a Scarlet sentada en el suelo, apoyada en un brazo y un tanto despeinada. Estaba al lado de la maldita escalera. Al ver que la expresión de Scarlet era de aturdimiento, Daniel se acercó a ella corriendo y se arrodilló a su lado, sujetándola de la espalda.

–¿Estás bien?

Ella se llevó la mano a la cabeza.

–Creo… que me he dado un golpe.

Daniel miró a su alrededor y vio un sofá en un rincón. Con cuidado, la ayudó a levantarse del suelo y a tumbarse en el sofá. Luego se puso de cuclillas a su lado.

–¿Qué ha pasado?

Ella volvió a tocarse la cabeza.

–No… no lo sé.

Daniel vio un río de encaje en el suelo, cerca de la escalera.

–¿Has tropezado?

–Tal vez. No estoy segura, pero estoy bien.

Cerró los ojos y se humedeció los labios.

–Solo un poco aturdida.

Él sacó el teléfono móvil.

–Deberías ir al médico. Podrías tener una contusión.

–Estoy confundida.

–Scarlet. Mírame.

Daniel puso la mano en su mejilla y le giró la cabeza. Ella parpadeó y lo miró con las pupilas dilatadas. Luego sonrió y eso hizo que él sintiese calor por dentro. Le devolvió la sonrisa.

–Eh –comentó Scarlet–, eres muy mono.

Él dejó de respirar.

–¿Cómo has dicho?

–Lo siento. He sido muy directa –respondió, arqueando una ceja–, pero el que no arriesga, no gana.

Daniel se pasó la mano por la mandíbula recién afeitada. La actitud de Scarlet era muy extraña. Lo mismo que aquella mirada tan seductora.

–¿Me puedes decir qué día es hoy?

Ella suspiró, cerró los ojos y giró la cabeza. Él la obligó a que lo mirase.

–¿Sabes dónde estás?

Ella parpadeó lentamente y miró a su alrededor.

–En una habitación a solas contigo. ¿Estás casado? –le preguntó–. Vaya, he vuelto a hacerlo, pero… no estás casado, ¿verdad? ¿Te conozco?

Daniel se maldijo.

–Soy Daniel. Daniel McNeal.

–Bonito nombre. Te va bien.

Repitió el nombre, disfrutando de él como si se tratase de un chocolate belga. Y Daniel no pudo evitar fijar la vista en sus labios mientras lo hacía.

–¿Y tú cómo te llamas? –le preguntó–. ¿Te acuerdas?

Scarlet parpadeó varias veces, luego cerró los ojos con fuerza y se quedó pensativa.

–No me acuerdo –dijo, volviendo a mirar a su alrededor–. No me acuerdo de nada.

Se oyeron pasos a sus espaldas y Cara Cranshaw entró en la habitación. Al ver a Scarlet tumbada en el sofá con Daniel tan cerca, se detuvo de golpe.

–Ohhh. Lo siento. No pretendía interrumpir.

Scarlet sonrió a su amiga como si estuviese borracha.

–Hola.

Cara inclinó la cabeza y la miró fijamente.

–Scarlet, cielo, ¿estás bien?

–Eso es lo que me pregunta todo el mundo –respondió ella mirando de nuevo a Daniel–. ¿Me llamo Scarlet? Qué pregunta tan ridícula, ¿no?

Aunque… lo cierto es que estoy un poco confundida.

Cara se acercó a ella. En esa ocasión, habló con Daniel.

–¿Qué ha pasado?

–No había nadie en recepción. He oído un ruido y cuando he llegado estaba en el suelo, allí –dijo señalando hacia la escalera.

Cara se agachó junto a su amiga.

–Scarlet, ¿te has caído?

–No lo sé. No me acuerdo –contestó, y luego miró a Daniel–: ¿Podemos irnos a casa ya?

Daniel sintió un escalofrío y Cara lo miró sorprendida.

–Mi médico hace visitas a domicilio –le dijo.

–Yo creo que es mejor que vayamos a un hospital –sugirió él, tomando a Scarlet de nuevo en brazos.

Esa tarde, un tal doctor Lewis habló con Daniel y con Cara en la puerta de la habitación de hospital en la que estaba Scarlet.

–Los golpes en la cabeza pueden causar pérdidas de memoria –les explicó–. Recordarle su nombre y cosas de su vida no tiene por qué ayudarla a recuperarse. La memoria suele volver sola en un breve espacio de tiempo.

–¿Suele? –repitió Daniel–. ¿Quiere decir que podría quedarse así y no recordar su pasado ni quién es?

De camino al hospital había estado tranquila.

Allí le habían hecho varias pruebas. Al parecer, solo tenía una pequeña contusión en la parte izquierda de la cabeza y, exceptuando la pérdida de memoria, parecía estar bien.

–Hay casos en los que la amnesia retrógrada es permanente –continuó el médico–. Es habitual que los acontecimientos ocurridos poco antes del accidente se olviden para siempre, pero, en general, la memoria semántica, el conocimiento que la persona tiene del mundo y de lo que la rodea, no se ve afectada.

–Salvo por la pérdida de memoria –comentó Cara–. Parece la misma, pero… también está diferente.

–Hay que darle tiempo a su cerebro para que se recupere del golpe.

El médico no había terminado de hablar cuando Daniel se dio cuenta de que una mujer se acercaba a ellos corriendo por el pasillo.

La señora Anders saludó a Cara, hizo como si no hubiese visto a Daniel y luego se dirigió al médico.

–He llegado lo antes posible. Soy la madre de Scarlet Anders. Su padre está fuera de la ciudad, pero va a volver en el primer vuelo –dijo, luego tomó aire–. Quiero ver a mi hija inmediatamente.

El médico la informó del estado de su hija y concluyó:

–Recomendamos que se quede esta noche en observación. Ahora lo que quiere es hablar con su pareja.

–Ha roto recientemente con su novio. Está confundida –respondió la señora Anders.

–Eso es evidente –dijo el médico. Luego miró a Daniel–. Scarlet quiere verte.

–Pero yo soy su madre –intervino la señora Anders.

–Sería de gran ayuda que la actitud de todo el mundo fuese tranquila y positiva –dijo el doctor Lewis.

–Yo le diré a Scarlet que está aquí –sugirió Daniel.

–Gracias –respondió la señora Anders levantando la barbilla.

Daniel llamó suavemente a la puerta antes de entrar. Scarlet estaba sentada en la cama, con las piernas cruzadas a la altura de los tobillos, y parecía aburrida. Hasta que lo vio. En ese momento su expresión cobró vida. Él se acercó y le sonrió.

–¿Cómo estás?

–Bien. Salvo que no me acuerdo de quién soy. Es una sensación muy extraña. Es como si todos los recuerdos estuviesen ahí, esperando a que les abriese la puerta, pero yo no fuese capaz de hacer girar el pomo.

–Es temporal.

Scarlet sonrió con toda sinceridad y a él se le encogió el corazón. Esperaba que Scarlet pudiese recuperar la memoria, pero tampoco estaba mal que lo mirase así, con confianza e ilusión.

–¿Cuándo podremos irnos a casa? –le preguntó ella.

–Mi casa está en Australia.

–Eso explica el acento –dijo ella–. ¿Y cuánto tiempo hace que vivimos allí?

–Tú vives aquí, Scarlet, en Washington. Y te gusta.

Ella frunció el ceño al oír aquello.

–¿Tan lejos vivimos el uno del otro?

–No hace mucho que nos conocemos.

–Pues yo tengo la sensación de conocerte de toda la vida.

Daniel vio de repente duda en su mirada y le tomó la mano.

–¿Quién sabe? –le dijo–. A lo mejor nos conocemos de una vida anterior.

–¿Tú crees?

–Todo es posible.

Ella volvió a sonreír.

–Eso mismo pienso yo.

Luego movió las piernas y los brazos como si estuviese incómoda.

–¿Nos podemos marchar ya? Estoy harta de que me hagan pruebas.

–El médico quiere que pases la noche aquí.

–Pero no es necesario, ¿verdad?

Sin soltarle la mano, Daniel soltó el aire. No era él quien debía responder a esa pregunta.

–Tu madre está esperando fuera. Quiere verte.

–¿Mi madre? Bueno, dile que entre.

–¿Te acuerdas de ella?

–En absoluto, pero me gustaría conocerla.

Un segundo después, la señora Anders entraba en la habitación sonriendo esperanzada, y también preocupada. Era evidente que su hija le importaba mucho.

–Hola, Scarlet. ¿Cómo te encuentras?

Scarlet estudió a la señora Anders y luego puso cara de decepción.

—Lo siento, pero no me acuerdo de ti.

Junto a la cama, la señora Anders asintió estoicamente.

—Te enseñaremos fotografías. Eso te ayudará. Fotografías recientes, y otras de cuando estabas en el colegio.

Scarlet cambió de repente de gesto.

—No sé si es real, si es algo que ha ocurrido... Pero me acaba de venir como una imagen.

—¿Te has acordado de tu habitación? Sigue estando como cuando te marchaste.

La expresión de Scarlet se volvió sombría y cerró los ojos, intentó concentrarse.

—Es un columpio, un neumático —dijo ella—. Y estoy jugando con alguien. No, estoy jugando sola...

La señora Anders se dejó caer en una silla.

—Necesitas descansar —dijo en un hilo de voz—. Lo ha dicho el médico.

Scarlet volvió a abrir los ojos y dijo en tono suave, pero firme:

—Ya he descansado suficiente. Nos marchamos. Daniel me va a llevar a casa.

Mientras observaba cómo su inesperada invitada estudiaba detenidamente el salón del ático, Morgan se metió las manos en los bolsillos traseros de los vaqueros y sacudió la cabeza.

—Esto tiene que ser lo más fuerte que te ha pasado nunca.

–Yo no he hecho nada –le contestó Daniel en un susurro–. Se ha caído sola.

La señora Anders se había quedado de piedra cuando su hija había anunciado que se iba a casa con un extraño, un playboy descendiente de presidiarios, pero al ver que Scarlet no había querido otra cosa, su madre había aceptado la decisión, lo mismo que Daniel, que se había sentido acorralado.

–Te lo advertí –le dijo Morgan en voz baja–. Su amiga apareció poco después. Si tú no hubieses estado allí, Caroline Cranshaw la habría llevado al hospital y tu Scarlet estaría con su familia, y no aquí, pensando que está enamorada de ti.

Eso era cierto. Lo miraba y le hablaba como si estuviese convencida de que eran pareja. Dos noches antes le habría parecido bien, pero en esos momentos no era tan sencillo.

Scarlet estaba mirando la colección de DVDs cuando se giró a él y le preguntó:

–¿Puedo comer algo? Me ruge el estómago como a un oso.

A Daniel le sorprendió oírla hablar así.

–¿Te apetece algo en particular?

–Una hamburguesa con doble de cebolla estaría bien. Y también algo dulce –dijo, quedándose pensando–. Gominolas.

Le tiró un beso y salió a la terraza. A través de la puerta abierta, Daniel la vio sentarse en el columpio de caña.

–¿La hamburguesa va con una Guinness o con un vaso de leche?

Daniel no hizo caso a Morgan.

–Gominolas. Encima de su mesa del trabajo había un cuenco. A lo mejor con eso empieza a recordar.

–Mientras tanto, espero que tengas a mano un palo bien largo. Lo vas a necesitar para evitar que se acerque a ti, aunque eso le restaría diversión.

–Jamás me aprovecharía de una situación así.

–Lo creas o no, me preocupa más que sea ella la que se aproveche de ti –dijo Morgan, dirigiéndose a la puerta para marcharse a su propia habitación–. Llamaré para retrasar tu vuelo. Y luego buscaré información acerca de si los golpes en la cabeza aumentan el deseo sexual. Llámame si me necesitas, Daniel.

Él no pudo evitar sonreír.

–Como siempre.

Luego salió a la terraza. Scarlet se había quitado los zapatos y estaba disfrutando las vistas desde el columpio.

–Me gusta mucho tu casa –le dijo–. ¿A qué has dicho que te dedicas?

–Soy un friki informático.

–¡Me encantan los frikis informáticos! –dijo ella, sonriendo de medio lado–. O eso creo. Tu secretaria también es agradable.

–Que no te oiga que dices eso de ella.

–¿Por qué? –le preguntó Scarlet–. ¿Habéis estado juntos en el pasado?

–Nunca jamás.

Ella se echó a reír.

–No te preocupes, te creo. Le gustas, pero solo

como amigo –comentó–. ¿Siempre se me ha dado bien catalogar a la gente?

–De mí pensabas que era un excéntrico hedonista.

–Suena divertido.

–A ti no te lo parecía.

–Esa mujer, mi madre, parecía tan reprimida… ¿Yo también era así?

–Un poco.

–¿Y esnob?

–Digamos que estabas muy centrada.

–¿Y cómo podía gustarte? Tú no pareces nada pretencioso.

Él se apoyó en la barandilla.

–Scarlet, tienes que saber que no somos pareja, ¿de acuerdo?

–Si tú lo dices… No obstante, no puedo evitar tener la sensación de que…

Se levantó del columpio y se acercó a él con el vestido blanco arrugado.

–Teníamos algo. Estoy segura.

–Eso es mucho decir –le dijo Daniel, tocándole un mechón de pelo que caía sobre su hombro.

Estaba demasiado sexy.

–Para tu información –añadió–, te gustaba llevar el pelo recogido.

Ella se levantó el pelo.

–¿Así?

A Daniel se le empezó a hacer la boca agua.

–Será mejor que lo dejes como estaba.

Y ella dejó que los rizos volviesen a caer sobre sus hombros.

–No te importa que esté aquí, ¿verdad? –le preguntó.

–Si esto te ayuda, por supuesto que no.

–Creo que ya estoy empezando a ver las cosas con más claridad.

–¿Te acuerdas de algo? –quiso saber Daniel.

–Me acuerdo de esto.

Scarlet pasó un dedo por la pechera de su camisa. Cuando llegó al cinturón, Daniel se dio cuenta de lo que estaba haciendo y le agarró la mano. Se le estaban yendo las cosas de las manos, ella no era así.

–No es buena idea, créeme –le aseguró.

Ella no lo escuchó, solo sonrió y se puso de puntillas para darle un beso en el cuello.

–Estaba segura de que tu piel sabría así –murmuró–. Acabo de acordarme de algo más.

Daniel hizo un enorme esfuerzo y apoyó ambas manos en sus hombros para apartarla con suavidad.

–No me lo digas.

–Tienes un lunar debajo del pezón izquierdo. ¿A que sí?

–No.

–¿Y una cicatriz en el muslo derecho?

–Tampoco.

–Estoy segura de que podría encontrarla si buscase bien.

Daniel la miró a los ojos, pero no pudo evitar ver que sus labios estaban ligeramente separados. Brillantes. Muy tentadores.

Nunca había deseado tanto besar a una mujer.

Pero le había dicho a Morgan, y se había prometido a sí mismo, que no iba a hacerlo. No podía hacerlo mientras Scarlet estuviese así.

Tuvo la intención de apartarla todavía más, pero lo que hizo fue todo lo contrario. Al mismo tiempo, ella subió las manos por su pecho hasta abrazarlo por el cuello. El primer impulso de Daniel fue dejarse llevar y besarla; de hecho, incluso inclinó la cabeza.

Pero entonces se dio cuenta de lo que estaba haciendo y se apartó medio metro de ella.

–Tenemos que parar.

–Estoy segura de que hemos hecho esto antes. Nos hemos besado –le dijo ella–. A lo mejor me ayuda volver a hacerlo.

Scarlet se acercó a él, pero Daniel no cedió.

–Si sigues así, te llevaré a casa de tus padres.

Ella arqueó las cejas.

–No me hables así. Soy una adulta.

–Pues actúa en consecuencia.

Scarlet abrió la boca para protestar, pero, de repente, su expresión cambió y entró en la casa, dejando a Daniel en la terraza. Él quería evitarse problemas, pero, al mismo tiempo, también quería aprovechar la oportunidad. Y tenía la sensación de que a Scarlet le ocurría lo mismo.

¿Cuánto tiempo iba a quedarse allí, torturándolo?

¿Y cuánto tardaría él en ceder?

Capítulo Seis

Scarlet se hizo un ovillo en el enorme sofá de cuero negro.

–Qué rica estaba mi hamburguesa –comentó, observando cómo su generoso anfitrión metía un DVD en el reproductor–. No sabes lo que te has perdido.

–Mi filete estaba bueno. Me he quedado muy satisfecho.

Él la miró y Scarlet se quedó hipnotizada con su sonrisa.

Desde que había visto al hombre que había acudido a su rescate cuando, al parecer, se había caído y se había dado un golpe en la cabeza, se había sentido completamente enamorada. Daniel podía insistir en que no estaban juntos, pero también la miraba con deseo. Estaba segura de que quería besarla y abrazarla tanto como ella a él.

Tenía un cuenco con golosinas entre las piernas.

–¿Quieres una gominola? –le preguntó, masticando.

–No me gustan mucho los dulces.

Ella tomó dos más.

–A mí me están encantando las rosas.

Mientras Daniel se sentaba a su lado, ella lanzó

una al aire y consiguió que aterrizase en su boca. Al parecer, no era la primera vez que lo hacía, así que volvió a probar. La siguiente le dio en la nariz y Daniel la atrapó antes de que cayese en su regazo.

Al hacerlo, le rozó la pierna con la mano.

Ella lo observó. Daniel quería hacerle creer que no sentía nada, pero no era cierto.

—Gracias por dejarme utilizar tu ducha –le dijo Scarlet mientras empezaba la película–. Y por prestarme ropa.

Él dejó a un lado el mando a distancia y la miró de reojo.

—La camisa te queda enorme. Mañana iremos a buscar tus cosas.

A ella le daba igual, se sentía cómoda y segura. Se abrazó a sí misma.

—Entonces, ¿puedo quedarme?

—Espero que recuperes pronto la memoria.

—No sé. Yo creo que me viene bien el cambio. Tenía demasiadas obligaciones en DC Affairs. Soy socia de la principal empresa de organización de eventos de la ciudad, ¿no?

—Y te encanta tu trabajo.

—Esa mujer, Cara, me dijo que estaba organizando una boda muy importante en la catedral –continuó ella–. Pues yo prefiero estar relajada y ver *Spider-Man*.

A Daniel se le iluminó la mirada.

—Eso es.

—¿El qué?

—Que eres fan de *Spider-Man*.

Scarlet se quedó pensativa. Era cierto, le gustaba *Spider-Man*.

—¿De qué más te acuerdas? —le preguntó Daniel.

—¿Aparte de lo que siento por ti?

—De eso ya hemos hablado.

—No. No me has contado qué había entre nosotros.

—Tú me rechazaste en más de una ocasión.

—Eso no casa con lo que siento ahora.

—No estás bien.

Daniel permitió que Scarlet le agarrase la mano y se la pusiese en la frente, en la mejilla.

—Sí, creo que tienes razón, estoy caliente —comentó.

Él apartó la mano.

—No estoy de broma.

—Pensé que tenías sentido del humor.

—En lo referido a esto, no.

Ella se volvió a sentar recta.

—De acuerdo. En ese caso, vamos a ver tranquilamente la película. ¿Tienes palomitas?

Daniel volvía de la cocina poco después con un cuenco de palomitas recién hechas. Lo dejó entre ambos y ella tomó un puñado y se lo metió en la boca. Estaban saladas, muy ricas. Volvió a llenarse la boca e intentó concentrarse en la película, pero el hombre que tenía al lado era mucho más interesante.

—Háblame de Daniel McNeal —le pidió.

—Soy australiano e informático, y he conseguido una fortuna creando una red social en Internet.

–Quiero saber más de ti, Daniel. De cómo eres por dentro.

Quitó el cuenco de golosinas de sus piernas y se giró hacia él, abrazándose las rodillas y comiendo palomitas al mismo tiempo.

–¿Cómo fue tu niñez en Australia?

–De eso hace mucho tiempo.

–A lo mejor hablar de ello me ayuda a recordar.

Él se encogió de hombros.

–Crecí en un barrio de las afueras de Sídney. Un barrio obrero. Fui a colegios públicos.

–Lejos del mar.

–Ahora estoy intentando resarcirme.

Le contó que tenía un yate atracado en el puerto de Hinchinbrook y eso hizo que Scarlet recordase algo, pero no lo dijo. A Daniel le costaba hablar de sí mismo y, después de conseguir que hubiese empezado, no quería interrumpirlo.

–¿A qué se dedicaban tus padres? –preguntó.

–Mi madre estaba en casa.

–¿Haciendo tartas de manzana?

–Panecillos. Los comía calientes, con montones de mantequilla y mermelada.

–Yo no sé si sé cocinar.

–Si no sabes, ya somos dos.

Ella sonrió y tomó más palomitas.

–¿Dónde está ahora?

–Murió hace años. Eso ya te lo había contado.

Pero no se lo había contado a aquella Scarlet.

–Lo siento –le dijo ella–. ¿Y tu padre? ¿Cómo es?

—También murió.

—¿Hace mucho tiempo?

Él asintió.

—¿Y te acuerdas de cómo era?

—Me acuerdo de que trabajaba mucho. Era carpintero.

—Un trabajo noble. ¿Jugaba contigo los fines de semana? ¿Te llevaba a pescar?

—Trabajaba.

—Algún día tenía que descansar.

—No —respondió él, bajando la cabeza—. Hasta que tuvo que hacerlo por obligación.

Scarlet volvió a disculparse.

—No pretendía ponerte triste.

Él la miró como si fuese un bicho raro.

—No estoy triste. Estoy… da igual —dijo, mirando hacia la televisión—. Olvídalo.

Scarlet se llenó la boca de palomitas. Había preguntado demasiado. Daniel se había puesto muy tenso.

Fuese lo que fuese lo que le había ocurrido a su padre, todavía no lo había superado. Se preguntó si ella también tendría algún momento oscuro en su pasado.

Apartó el cuenco de palomitas. De repente, estaba llena.

—No puedo más.

—Para ser un peso pluma, te has dado una buena comilona.

—No me dejes comer nada más esta noche. Si no hago ejercicio, enseguida engordo.

—¿Qué tal tu cabeza?

–No me duele, pero me sigo sintiendo rara.

En el hospital, aquella mujer, su madre, la había alterado. Se estremeció solo de pensar en Faith Anders, pero no sabía por qué.

–No quería irme a casa con esa mujer –admitió.

–Es tu madre.

–Pues mi cuerpo me dice todo lo contrario.

–A lo mejor es porque ya habías decidido que ibas a venirte conmigo.

–Sé que piensas que estoy jugando, pero no es así. Me siento segura contigo.

Él sonrió con ironía.

–Ojalá tu antiguo yo pudiese oír eso.

–No sé por qué actuaba o pensaba como lo hacía antes de hoy. Lo único que sé es lo que siento ahora.

–Puedes sentir lo que quieras.

–¿De verdad?

–Sé que es una pregunta trampa.

–¿Tan mal estaría que pusieses un brazo alrededor de mis hombros? Solo quiero saber si estoy perdiendo el rumbo.

–A lo mejor deberías preguntarle a tu padre qué piensa de eso.

Ella frunció el ceño. ¿A su padre?

–Soy una adulta –respondió–. Que no te guste cómo soy ahora es otra cosa.

–Estás intentando manipularme.

–Pero tú eres demasiado inteligente para eso.

Entonces Scarlet hizo lo que sabía que ambos querían que hiciese. Se acercó a él, le colocó un

91

brazo alrededor de sus hombros y se acurrucó contra su pecho.

—Así. ¿Ves? No se está tan mal.

—Yo diría que están pasando dos cosas —le dijo él—. Te estás aprovechando de mí y de esta situación…

—O nos estamos volviendo a enamorar.

—Nunca hemos estado enamorados.

Ella le rozó el brazo con los labios.

—¿Estás seguro? —le preguntó, dándole un beso.

—Define «amor» —le pidió él.

—Es una emoción sobrecogedora que se enciende como una chispa en el centro del pecho. Cuando te acercas, la chispa crece hasta convertirse en una llama que te calienta todo el cuerpo, por dentro y por fuera.

—¿Así es como te sientes ahora?

—Siento cómo va creciendo la llama. Y quiero que me consuma. Quiero que no se apague nunca, pero, al mismo tiempo, necesito apagarla.

—No me digas cómo.

Daniel habló en tono de broma y ella sonrió también. Entonces, cambió de postura y empezó a desabrocharse la camisa. Daniel no se dio cuenta de lo que estaba haciendo hasta que se la abrió y, entonces, se puso tenso, pero no se apartó.

Scarlet tuvo la sensación de que ya había hecho aquello antes. Tomó la mano de Daniel y la guió por sus costillas, por su vientre, hasta llegar al interior de sus piernas; no llevaba braguitas.

Él cerró el puño y apartó la mano.

–¿Lo tenías planeado?

–No tenía ropa interior limpia.

–Scarlet, eres muy mala –le dijo él sonriendo. Ella se apretó contra su cuerpo.

–Pues puedo serlo todavía más.

Tenía que habérselo pensado dos veces. ¿Qué ocurriría si caía en la tentación? ¿Cómo justificaría aprovecharse de ella, ante sí mismo, ante Scarlet cuando volviese a ser ella misma o ante la familia de esta? Scarlet estaba insistiendo, pero él controlaba completamente la situación.

O debía hacerlo.

Pero todos esos argumentos perdieron peso cuando Scarlet se incorporó y lo besó. Sus labios se unieron y ambos empezaron a acariciarse, y Daniel se olvidó de que podía arrepentirse. Había algo en lo que Scarlet tenía razón: tal vez solo se hubiesen besado una vez, pero habían compartido otros momentos intensos. Estuviese bien o mal, Scarlet pasaría esa noche en su cama.

Saboreó el beso y la presión de su cuerpo contra el de él. Enterró los dedos en su pelo y notó cómo Scarlet le ponía un muslo desnudo sobre el regazo y se le ocurrieron muchas maneras de darle placer.

Le acarició el costado y después, un pecho. Jugó con su pezón hasta conseguir que se endureciese.

–Sabía que sería así –le susurró ella contra los labios.

Daniel pensó que aquella mujer era la verdadera Scarlet, pero al mismo tiempo una Scarlet menos cohibida. La caída había sido un accidente, pero aquella manera de besarlo, apretándose contra él, gimiendo…

Aquello no era un error.

Se sentó a horcajadas en su regazo y Daniel vio aparecer sus exquisitos pechos ante él. Bajó con la vista por su cuerpo y vio un vientre plano y, más allá, su sexo desnudo. Scarlet arqueó la espalda y él tomó uno de sus pezones con la boca al mismo tiempo que la levantaba y la tumbaba boca arriba.

Metió la rodilla entre sus piernas y apoyó el pie derecho en el suelo para no perder el equilibrio. Mientras ella le acariciaba con suavidad el cuello y los hombros, él le chupó y mordisqueó un pecho y después el otro.

Entonces se puso recto para quitarse la camisa por la cabeza. Iba a hacer lo mismo con los pantalones cuando sus miradas se cruzaron. Scarlet lo miraba con aturdimiento y con deseo al mismo tiempo. Era la mirada de una leona después de haber cazado a su presa. Y él iba a dejar que lo devorase.

No obstante, dadas las circunstancias, tenía que volver a preguntárselo.

Apoyó las manos a ambos lados de su cabeza e, inclinándose hacia delante, le dijo:

–¿Estás segura de que es lo que quieres?

Ella se echó a reír de manera muy sensual y se movió debajo de él como un gato ágil e inquieto. Tomó su mano y la pasó por su cuello, por sus pechos, por su vientre y más abajo. Daniel notó su sexo entre los dedos y se le aceleró el pulso. Estaba caliente y húmeda. Preparada.

La miró a los ojos y la acarició. A ella se le aceleró la respiración, cerró los ojos y levantó la pelvis. Entonces empezó a mover las caderas y sonrió. Unos segundos después, cuando Daniel vio que lo abrazaba, se incorporó para quitarse los vaqueros.

Volvió a ella, que le acarició los brazos. Él se concentró en darle placer. Cuando notó que se ponía tensa, se colocó encima y apoyó la punta de la erección contra su sexo.

Se dejó llevar por la sensación y empujó hacia ella. Y entonces notó algo justo debajo de la garganta, donde el corazón estaba a punto de salírsele del pecho. Scarlet lo estaba empujando.

¿Quería que parase?

¿En ese momento?

–¿Qué ocurre? –le preguntó.

–Se te ha olvidado algo.

Él intentó pensar.

–Daniel, la protección.

El se apartó y maldijo en silencio. Supuso que siempre había una primera vez para todo, pero, aun así, no podía creer que se le hubiese olvidado algo tan importante. Algo que podía repercutir en el resto de sus vidas. Porque, al menos él, no estaba preparado para la paternidad. A veces se preguntaba si alguna vez lo estaría.

Se puso en pie.

–Ahora vuelvo.

–Voy contigo –le dijo Scarlet levantándose también.

Lo abrazó por la cintura y lo besó en el pecho. Él agachó la cabeza y le mordisqueó el cuello. Scarlet se puso de puntillas y él la sujetó con firmeza y dobló las rodillas. Quería estar más cerca, quería estar dentro de ella.

La soltó y utilizó las manos para quitarle la camisa y dejarla caer a sus pies. Luego la levantó y Scarlet lo abrazó por el cuello y puso las piernas alrededor de sus caderas. Él la besó apasionadamente. Con desesperación.

Luego puso el piloto automático y la llevó a su habitación. No porque necesitasen una cama. Podría haber consumado con ella en cualquier parte. Su objetivo era la caja de preservativos que había en el cajón de su mesita de noche. Tenía que encontrarla lo antes posible, porque le estaba costando demasiado pensar en ser responsable. Con cada paso, sus caricias iban siendo más salvajes, más ardientes. Scarlet se estaba frotando contra él sin ninguna vergüenza. Y a Daniel le encantaba.

En el dormitorio, la sujetó con un brazo y apartó la colcha con el otro. Luego la dejó encima de la sábana y abrió el cajón de la mesita de noche. Se puso el preservativo y se colocó entre sus piernas. La miró a los ojos y ella alargó la mano para tomar su erección con firmeza.

Empezó a acariciarlo y él tuvo que hacer un enorme esfuerzo para no perder el control.

Cuando lo soltó, el mensaje era claro.

Ninguno de los dos podía estar más preparado.

Daniel puso las rodillas a ambos lados del cuerpo de Scarlet y la penetró. Ella tenía los labios separados, brillantes, tentadores. Había dejado un brazo doblado por encima de la cabeza y Daniel la agarró por la muñeca y la penetró más.

–Me acuerdo… –murmuró ella, y Daniel tuvo la sensación de que todo se paraba, incluido su corazón.

¿De cuánto se acordaría? ¿De lo suficiente como para decidir que aquello no debía ocurrir? ¿De lo suficiente para apartarlo y darle una bofetada antes de marcharse de allí muy enfadada? ¿Posiblemente llorando?

–Me acuerdo… –volvió a decir ella–… de haberme sentido así antes. De haber estado así antes contigo.

Daniel espiró. Estuvo a punto de corregirla, de decirle que se equivocaba. Que aquella era su primera vez, pero decidió que iba a dejar que Scarlet creyese lo que quisiese, al menos por el momento.

La besó en la frente y volvió a mover las caderas rítmicamente. Ella también se estaba moviendo, al mismo ritmo que él. Entonces empezó a sacudirse y Daniel notó cómo el increíble calor se convertía en una explosión.

Ambos llegaron al clímax y él pensó que ojalá aquello pudiese no terminar nunca.

***

Scarlet disfrutó de la relajación posterior al mejor orgasmo de su vida. Daniel, que seguía tumbado encima de ella, también parecía agotado. Y satisfecho. No era de extrañar que, después de haber hecho el amor con aquel hombre increíble, se sintiese no solo animada, sino también ansiosa de más.

Aunque no se acordaba de su relación hasta ese día, en su corazón no solo conocía a Daniel McNeal, sino que le importaba mucho. Siempre que lo miraba su instinto le decía que estar con él era la experiencia más bonita de su vida. Los últimos momentos que había pasado entre sus brazos le parecían tan reales como el orden divino del universo.

Qué fuerte.

¿Siempre había pensando en el amor en términos tan cósmicos? No sabía si, hasta entonces, había tenido como prioridad encontrar su lugar en el mundo. Esa noche tenía la sensación de haber encontrado un tesoro. Lo único que de verdad era importante en su vida.

Pero, en el fondo, en algún lugar oscuro, también se sentía desconcertada, nerviosa, como si una parte de ella estuviese preparada, esperando que ocurriese algo malo.

Daniel gimió complacido, le dio un beso y se tumbó de lado. Al notar su brazo debajo de los hombros, Scarlet se acurrucó contra él, sonrió y cerró los ojos. Y la idea de que pudiese ocurrir algo malo se borró de su mente.

–¿Cómo te encuentras?

–Fatal –murmuró ella–. Estoy muy decepcionada.

Él se tensó un instante antes de cambiar de
postura para mirarle la cara. Entonces, volvió a relajarse. Después empezó a acariciarle el brazo y
ella se preguntó si podía leerle la mente.

–Estás pensando en lo que va a ocurrir después –aventuró.

–Sé lo que me gustaría que pasase.

–Yo también.

Scarlet se colocó encima de él, que se echó a
reír y volvió a tumbarla sobre el colchón.

–Eh, despacio, vaquera.

–Hemos tenido sexo –comentó ella, dándole
besos alrededor de un pezón–. No hay ningún
motivo para que no volvamos a hacerlo.

–Ese es un argumento interesado.

–Para ambos.

No habían hecho más que empezar.

Scarlet siguió subiendo por su cuerpo mientras buscaba con la mano por debajo de las sábanas. Él le sujetó la mano.

–Te deseo, Daniel –le dijo ella–. Y no tiene nada
de malo.

–No me conoces.

Ella se sentó y no se tapó con la sábana. Le gustaba estar desnuda con Daniel. Y a él también.

–Sé todo lo que necesito saber –le dijo ella–.
¿Por qué te cuesta tanto aceptarlo? Tenías tantas
ganas como yo de hacerlo otra vez.

Él la miró.

–¿Otra vez?

Scarlet frunció el ceño y se frotó la frente. Si era la primera vez que estaban juntos de manera tan íntima, ¿por qué ella se sentía como si hubiesen sido amantes desde el principio? No era su imaginación. No era la primera vez.

¿O sí?

Detrás de ella, Daniel se apoyó en un codo y empezó a dibujar con la barbilla en la parte baja de su espalda. Scarlet cerró los ojos y se dejó llevar por la sensación causada por un acto tan simple. Deseó que Daniel la besase así por todo el cuerpo, en la frente, en las caderas, en los muslos.

—Scarlet, lo que te estoy diciendo es que debemos tener cuidado.

—¿No eres un tipo más bien despreocupado?

Él se detuvo.

—¿Cómo sabes que soy un tipo despreocupado?

Scarlet también se quedó inmóvil. Notó un sudor frío en la frente e intentó pensar. ¿Cómo lo sabía?

Bueno... porque sí. Y no le estaba gustando que Daniel analizase todo lo que decía. Le hacía dudar de su intuición, cuando, en esos momentos, era casi lo único que tenía. Sabía que estaba intentando ayudarla a recuperar la memoria, pero ¿no incluía eso averiguar si encajaban? Necesitaba saber más de Daniel McNeal.

—No me has respondido.

¿Era despreocupado? ¿Era un mujeriego?

La respuesta de Daniel consistió en levantarse de la cama e ir al baño. Scarlet se levantó también. Se sintió tentada a pasearse desnuda por el ático, pero supo que no debía hacerlo. Era evidente que Daniel había disfrutado haciéndole el amor esa noche, pero todavía pensaba que tal vez se hubiera aprovechado de ella, cosa que no era cierta. Ella le había dado su consentimiento. En más de una ocasión.

No obstante, no quería echar más leña al fuego.

Miró a su alrededor y no vio ninguna camisa ni ningún albornoz. Pensó en mirar en el armario, pero a lo mejor a Daniel le molestaba, así que decidió envolverse en la sábana. Luego, cruzó el pasillo y entró en el despacho.

Típico de un soltero. No había ningún objeto personal. Nada que pudiese darle una pista acerca de su vida, de su historia.

Al parecer, ella tenía su propia casa en Georgetown. En el hospital, la tal Cara, que era encantadora, se había ofrecido a quedarse allí con ella. Scarlet, por su parte, había insistido en ir a la de Daniel. Sin embargo, en esos momentos deseó ir a su casa.

Oyó una puerta y vio a Daniel salir del baño todavía desnudo. Scarlet se estremeció cuando sus miradas se cruzaron y sintió el deseo de volver a hacer el amor con él. Daniel la miró y sonrió.

–Me siento demasiado desnudo.

Ella dejó caer la sábana.

–Ha sido culpa mía.

Él la miró con deseo y Scarlet volvió a sentirse… adorada. Y supo que su lugar estaba allí con él.

Después de un momento de tensión, Daniel se acercó a ella, estudió sus labios, la curva de su cuello. Scarlet se echó hacia delante y esperó a que la tocase.

Sin apartar la mirada de la suya, Daniel dio una especie de patada y levantó la sábana, la agarró y se la tendió.

—Póntela —le dijo—. No quiero que te enfríes.

Decepcionada, Scarlet le puso la sábana a Daniel por el hombro.

—Creo que el que necesita tapar algo eres tú.

—No intento esconder nada —respondió él, tomando la sábana y envolviéndola de nuevo en ella.

—Entonces, ¿por qué no quieres hablarme de ti?

—Porque es tu memoria la que queremos recuperar.

Ella sonrió de manera irónica.

Se acercó a la cama y se sentó.

—¿De verdad quieres que me vaya con esa mujer?

—¿Te refieres a tu madre? —le preguntó él, poniéndose unos pantalones de deporte cortos que había en una silla, entre las sombras—. Lo cierto es que tenía planeado marcharme a Australia hoy.

A ella se le encogió el pecho. ¿Se había quedado allí por ella? ¿Qué había pensado la otra Scarlet el día anterior acerca de su marcha?

—Supongo que tienes cosas importantes que hacer allí —comentó.

—Tendré que irme antes o después.

—¿Irás a tu casa en Hinchinbrook?

—Y saldré en mi yate todos los días. Es probable que incluso duerma en él, lejos de todo.

—No recuerdo mi vida, pero sé que Washington no está precisamente alejada de todo.

—Tienes razón.

—¿Qué más vas a hacer?

—Dar un buen paseo en moto. Tumbarme en la playa. Ir a ver a mis amigos.

—¿Y a tu familia?

Él dudó.

—Sí, claro.

—En ese caso, deberías marcharte. Veté mañana. A primera hora.

—¿Y tú? —le preguntó Daniel poco convencido.

—Todo el mundo dice que pronto recuperaré la memoria. Es probable que en un par de días. Mientras tanto, me quedaré con Faith Anders.

—Tu padre llegará a casa mañana.

Ella se estremeció. No le apetecía nada estar con aquella pareja a la que no conocía de nada.

—A lo mejor me paso por DC Affairs e intento ayudar.

—Ya has oído a Cara. Ha estado en contacto con vuestra otra socia. Ambas pueden ocuparse de todo mientras tú te recuperas.

—Ya, pero no sé qué hacer con tanto tiempo libre. Podría tomarme unas vacaciones. Ojalá supiese lo que quiero hacer. Adónde quiero ir.

—Una vez dijiste que querías ir a Australia.

Ella lo miró y, de repente, le vino una palabra a la mente.

–Canguros –dijo, sonriendo–. Lo siento, es lo que se me ha pasado por la cabeza. Aunque sé que Australia es mucho más que eso.

–Deberías ver uno de verdad –le dijo él, acercándose a la cama y sentándose a su lado–. La verdad es que Australia es un país muy grande, colorido y bonito.

–Supongo –dijo ella, mirándolo de arriba abajo.

Él también era todo eso, pero no podía seguir reteniéndolo.

Se puso en pie y señaló hacia el salón.

–Creo que voy a pasar la noche allí.

Él miró la cama y luego bajó la vista.

–Hay habitaciones de invitados.

–Gracias, pero voy a hacerme un ovillo en el sofá y a poner la película.

Él asintió lentamente y se encogió de hombros.

–¿Quieres compañía?

–Preferiría estar sola, si no te importa –le dijo ella, enrollándose de nuevo en la sábana–. Descansa.

–Cualquiera diría que he sido yo el que ha pasado la tarde en el hospital.

Scarlet se detuvo al llegar a la puerta.

–Mañana por la mañana me habré ido –le dijo, sonriendo débilmente–. Muchas gracias por todo, sé que suena cursi, pero… ya sabes lo que quiero decir.

Salió de la habitación y notó los ojos de Daniel clavados en su espalda. No supo si debía sentirse avergonzada por cómo se había comportado con él esa noche. Tal vez cuando recordase quién era, se sentiría decepcionada consigo misma.

Pero en esos momentos no era capaz de arrepentirse lo más mínimo. Lo único que sabía era que no tenía derecho a hacer pasar a Daniel por aquel tira y afloja.

Se volvió a poner la camisa, inició el DVD, se instaló en el sofá e intentó imaginar cómo sería volver a recordar. Casi le daba más miedo que el vacío con el que vivía en esos momentos. Aunque lo que más la aterraba era la posibilidad de no volver a recordar jamás.

Capítulo Siete

Scarlet bostezó y miró a su alrededor. Vio una enorme pantalla de plasma, palomitas de maíz esparcidas por una mesa de café, una manta suave sobre su pecho. Parpadeó varias veces. ¿Dónde estaba?

Una voz profunda, que le resultaba muy familiar, le dijo:

—Parecías estar tan cómoda que no he querido despertarte.

Scarlet se sentó sobresaltada. Un hombre. Daniel McNeal. Recordó que la había llevado al hospital y se llevó automáticamente la mano a la cabeza. Todavía tenía un chichón.

—Ya me acuerdo.

Él levantó la barbilla.

—¿De todo?

—Solo de ayer, después del accidente.

Él asintió y Scarlet lo recorrió con la mirada. Clavó la vista en sus labios, en sus hombros y en su pecho. Llevaba una camisa remangada. Se fijó en sus manos grandes y bronceadas y se estremeció de deseo.

Se sentó.

—Y me acuerdo de lo de anoche.

Él sonrió y se frotó la nuca.

–Eso es difícil de olvidar.

–No me arrepiento –dijo Scarlet enseguida, para que Daniel no se sintiese incómodo.

–Yo tampoco.

Él le tendió una mano para ayudarla a levantarse y ella la aceptó. Intentó no fijarse en lo calientes que estaban sus dedos y lo fuertes que eran, e intentó no pensar en lo bien que habría dormido con él, en su cama. Miró por las puertas de la terraza.

–¿Qué hora es? –preguntó.

–Hora de ponerse en marcha.

–Llamaré a Cara –dijo ella–. No le importará llevarme a casa de Faith Anders.

Daniel tomó dos tazas de café que había en la mesa del comedor y dejó una en la mesita de centro.

–Te voy a llevar yo.

–Ya has hecho suficiente –respondió Scarlet, inhalando profundamente y calentándose las manos con la taza–. No quiero incomodarte más.

Recordó que antes de dormirse la noche anterior había tomado una decisión. Por una parte, eran físicamente muy compatibles. Por otra, él no quería una relación seria y estaba seguro de que ella tampoco querría tener nada con él cuando recuperase la memoria.

¿Habría algo que Daniel no le había contado? Tal vez pasando tiempo con Cara y sus padres empezaría a recordar.

–No me has incomodado –le aseguró él, dándole un sorbo a su taza.

–Vas a volver hoy a Australia. Tienes que hacerlo. Es muy sencillo.

–Te equivocas. Es increíblemente complicado. Tu madre te encomendó a mí. Tengo que ser yo quien te lleve a su casa.

Scarlet dejó la taza.

–No me gusta que me traten como a una niña.

–Peor para ti.

Ella sonrió.

–Eres demasiado macho para ser un friki informático.

–La manada de lobos que me crio no estaba de acuerdo –dijo él, acercándose a la mesa del comedor para recoger un montón de ropa.

Luego se acercó a ella y se la dio.

–Es algo de ropa informal que te presta Morgan –le explicó–. También hay ropa interior.

–¿Le has contado que anoche no tenía braguitas?

–No se lo he contado. Lo ha supuesto ella.

Scarlet tomó la ropa. Se puso por encima los pantalones kakis y la camiseta naranja y comentó:

–Mis zapatos blancos de tacón no pegan con esto.

–Morgan también te ha dejado algo de calzado. Hay unas chanclas moradas y unas botas.

Treinta minutos después habían terminado de desayunar. Entre sorbo y sorbo de café, Daniel había llamado a Cara para que esta le diese la dirección de los Anders y poco después estaban subidos a su coche. Daniel aceleró y salieron del aparcamiento bajo la lluvia. Scarlet movió los dedos de los pies dentro de aquellas botas que parecían haber pertenecido a Minnie Mouse y comentó:

–Mis padres no me van a reconocer, ¿verdad?

–La ropa no lo es todo –dijo él sonriendo–. Además, te sienta bien la mezcla.

Ella se llevó la mano a la cintura y, haciendo una pose dijo:

–Estoy deseando ponerme a bailar hip-hop.

Él se echó a reír de manera sensual y Scarlet no quiso pensar en que tenía que despedirse de él.

–Siento decepcionarte –dijo Daniel–, pero te encanta la música clásica.

Aquel comentario hizo que Scarlet recordase algo de repente, que oyese unas notas de música en su cabeza.

El ruido de la lluvia y del limpiaparabrisas se desvaneció. Ella volvió al presente y miró a Daniel. Tenía la vista puesta en la carretera. Tal vez fuese mejor no contarle aquello, no darle esperanzas, ni dárselas a sí misma.

No tardaron en llegar a casa de los padres de Scarlet en Georgetown. Cuando Daniel le abrió la puerta, Scarlet ya se había dado cuenta de que era una mansión muy cuidada. De estilo neoclásico.

Mientras subía las escaleras al lado de Daniel, se preguntó cómo lo sabía. A lo mejor había asistido a clases de Arte en la universidad. Aunque no lo recordaba.

Faith Anders abrió la puerta. Scarlet intentó recordar algo, pero no pudo. Y Faith la miró de arriba abajo con desaprobación.

No obstante, hizo un esfuerzo y alargó los brazos hacia ella. Scarlet se comportó de manera educada y aceptó el abrazo, que no le trajo ningún recuerdo nuevo.

–Tu padre está en casa –anunció Faith, mostrándose incómoda y aliviada al mismo tiempo.

–Espero no haberlo preocupado demasiado –respondió Scarlet, pasando al recibidor con Daniel.

–Está deseando verte –dijo Faith, que después miró a Daniel con desprecio y añadió–: Gracias por cuidar de ella anoche.

–Ha sido un placer –contestó él muy serio.

A Scarlet le llamó la atención su comportamiento. Estaba tan tranquilo. «Eres un chico malo», pensó.

Ambos siguieron a Faith por la casa, que tenía las paredes forradas de madera, muchos adornos y obras de arte dignas de un museo. Scarlet se tomó su tiempo y pasó los dedos por superficies y objetos hasta llegar a una habitación grande, toda decorada de manera impecable. En la entrada había una mesa adornada con un jarrón de olorosas rosas, un cuadro de marco dorado y estilo renacentista exhibía a una mujer de gesto preocupado con un niño en brazos y había un enorme piano.

Pero ella no se acordaba de nada.

Junto a la chimenea apagada había un hombre de unos sesenta años sentado en una mecedora. Al verlos llegar, se puso en pie y se estiró el batín. A Scarlet le sorprendió que hubiese personas que utilizasen aquella prenda.

–Cariño –dijo él, alargando los brazos, tal y como Faith había hecho un minuto antes.

Pero Scarlet no lo reconoció. Y, lo que era todavía peor, se dio cuenta de que ni siquiera se acordaba de cómo se llamaba su padre.

Se acercó y permitió que el hombre la abrazase. Fue entonces cuando vio a Cara Cranshaw cerca de él, esperando. La vio sonreír.

–Scarlet –la saludó–. Pareces muy descansada.

–Aunque nadie la reconocería con esa ropa –comentó su madre, haciendo un gesto para que todo el mundo se sentase.

Ella ocupó una mecedora como la de su marido y Scarlet se sentó en un sofá.

–Hacía mucho que no llevabas el pelo tan alborotado… –empezó, pero se interrumpió antes de terminar y continuó–: Sueles ser muy estricta con tu pelo. Todavía me acuerdo de cuando tenías seis años y querías cortarte todos los mechones rebeldes.

Scarlet se recogió la melena en una cola de caballo.

–Tengo mucho pelo.

Su padre se inclinó hacia delante y señaló los álbumes de fotos que había encima de la mesita del café.

–Tu madre me ha contado lo que ha dicho el

médico, que tu memoria volverá sola, pero no creo que pase nada por intentar ayudarla un poco.

Daniel siguió de pie y Cara se acercó a sentarse al lado de su amiga. Scarlet tomó un álbum y dijo:

—Gracias… papá.

Le resultó extraño llamar así a un hombre al que no reconocía.

Abrió el álbum por la primera página y vio una fotografía suya con un vestido de cóctel negro, con una copa de champán en la mano y sonriendo. Estaba rodeada de otras personas también muy sonrientes.

—Esa es de la inauguración de DC Affairs —comentó Cara, señalando otra fotografía en la que Scarlet aparecía abrazando a una mujer muy guapa—. Y esa es Ariella, tu socia.

—¿Cuándo podré verla? —preguntó ella.

—La he llamado para decirle que íbamos a estar aquí —respondió Cara—. Quería venir…, pero en estos momentos su vida es un poco complicada. Tenía una reunión muy importante.

Scarlet estaba segura de que el día anterior ella había estado al corriente de todo lo que le ocurría a la tal Ariella.

—Esas fotos eran tuyas —comentó su padre.

—Las imprimiste y nos las diste para que las tuviésemos —añadió Faith.

Scarlet dejó el álbum. Quería un álbum más viejo. Llamó su atención uno que tenía dibujados ponis de juguete. Dentro había fotografías de una niña con el pelo rojizo recogido para una exhibición de ballet, soplando las velas de una tarta y, por último, delante de un piano, con los dedos sobre las teclas.

Sintió un cosquilleo en el estómago. Aquello era muy extraño.

Tocó la última fotografía.

—Aquí estaba aprendiendo.

Faith se puso tensa.

—A esa edad ya sabíamos que tenías mucho talento.

Scarlet recordó que Daniel también le había dicho que le gustaba la música clásica.

—¿He heredado el talento y el gusto por la música de ti?

Faith sonrió.

—No quiero llevarme yo todo el mérito. Siempre estuviste destinada a tocar mucho mejor que yo.

Scarlet dejó el álbum encima de la mesa.

—A lo mejor si veo mi habitación…

Pero, de repente, le dolía la cabeza y estaba agotada. Se llevó una mano a la sien y Cara le tocó el hombro.

—¿Necesitas descansar? –le preguntó–. ¿Tumbarte?

—No debería. He dormido como un tronco toda la noche.

A Faith no pareció gustarle aquella expresión.

—Por favor, Scarlet, no hables así.

Ella estuvo a punto de contestar que era solo una expresión, pero supo que no habría sido de buena educación. Y algo le dijo que ella no era nunca grosera.

–Me quedé dormida antes de ver el final de la última película de *Spider-Man* –dijo en su lugar.

Faith se echó a reír.

–Si nunca te han gustado los superhéroes.

–Tal vez no te lo había dicho –respondió Scarlet.

–No veo por qué no –contestó su madre.

–La cosa es que ya estás en casa –intervino su padre–. Todo irá bien.

Pero ella pensó que aquella no era su casa. La de Daniel tampoco lo era. Entonces, ¿cuál era?

De repente, notó que los ojos se le llenaban de lágrimas, pero las contuvo. Antes o después recuperaría la memoria, lo había dicho el médico.

Respiró hondo y cambió de tema.

–Daniel va a volver a Australia hoy.

–Seguro que tienes muchísimas cosas que hacer –le dijo Faith a este–. Sentimos haberte entretenido. Scarlet ya está en buenas manos.

Hubo algo en su tono de voz que dejó entrever que pensaba que el día anterior no se había quedado en buenas manos.

Scarlet miró a Daniel y se dio cuenta de que su rostro era como una máscara. Había captado la indirecta de Faith, pero no se había inmutado. Cruzó la vista con la de ella y le guiñó un ojo.

Luego, se dirigió a sus padres.

–¿Sabían que su hija quiere visitar Australia?

Faith la fulminó con la mirada.

–En ese país hay demasiado polvo.

–Ensuciarse no tiene nada de malo –respondió Scarlet.

Daniel se frotó la barbilla y se acercó a la mesa en la que estaban los álbumes.

–Me pregunto si no la ayudaría pasar unos días fuera.

–¿Ayudarla, cómo? –preguntó el padre de Scarlet.

–Pienso que, en vez de saturarla con información, le vendría mejor pasar unos días tranquila, divirtiéndose.

Faith se puso en pie.

–No queremos entretenerlo más, señor McNeal. Tiene que tomar un avión.

–Mi jet puede esperar.

Scarlet se levantó. Con el corazón acelerado, se acercó a él. No estaba segura de haber oído bien.

–¿Me estás pidiendo que vaya contigo a Australia? –le preguntó.

–Dijiste que querías ir de vacaciones –respondió él sonriendo.

Cara también se puso en pie.

–Te ayudaré a hacer la maleta.

–De eso nada –intervino Faith.

–Daniel –dijo el padre de Scarlet–, te agradecemos mucho tu ayuda, pero, hijo, no sé…

–Yo respondo por él –dijo Cara–. Max es amigo suyo de toda la vida y confía ciegamente en él.

–Impresionante –murmuró Faith, poniendo los ojos en blanco.

Scarlet tuvo que contenerse para no decirle a todo el mundo que se callase. Tal vez no recordase su pasado, pero era su vida e iba a marcharse. No obstante, quería oír la opinión de su padre.

Este entrelazó los dedos a la altura del pecho y emitió una especie de gruñido.

Y Scarlet reconoció aquel sonido. Su padre lo hacía siempre que necesitaba tomar una decisión importante.

–Está demostrado que las cosas salen mejor sin presión –dijo.

Faith se quedó boquiabierta.

–¿Te parece bien que se marche?

Él se puso en pie.

–Sé que a ti te preocupa, pero yo tengo un buen presentimiento –comentó.

Luego, se dirigió a Scarlet.

–Si es que tú quieres ir, por supuesto.

Scarlet miró a Cara, que asintió. Entonces miró a Daniel a los ojos, este sonrió y se encogió de hombros. Junto a la chimenea apagada, Faith Anders había palidecido y parecía estar a punto de desmayarse.

Scarlet no quería hacerle daño a nadie, pero eran cuatro contra una.

–Te prometo no bañarme en ningún lago infestado de cocodrilos, mamá.

Faith parpadeó y después sonrió. Su rostro había recuperado parte del color.

–Me has llamado mamá.

Su padre se acercó a su esposa, la rodeó por la cintura y, después de sonreír a Scarlet, le dio un beso en la mejilla.

Y Scarlet tuvo una revelación. Tal vez no se

acordase de aquellas personas ni de aquella casa, pero supo que la querían.

Daniel observó cómo Scarlet estudiaba el interior de su propia casa.

Había curiosidad en su rostro, pero no parecía recordar nada. La vio concentrarse en el piano y en una fotografía de sus padres que había en la repisa de la chimenea. Después se giró y estuvo a punto de tropezar con una planta que, al parecer, no recordaba que estuviese allí.

Se golpeó con un atizador que había junto a la chimenea y tuvo que apoyarse en la pared para no perder el equilibro. Y entonces, por primera vez desde el día anterior, Daniel vio en ella un gesto de frustración.

Aturullada, Scarlet dejó el bolso encima de un aparador y este empujó sin querer la delicada figura de una adolescente con un ramo de flores entre los brazos. Scarlet la agarró antes de que se cayese al suelo.

Estaba muy seria. Al volver a dejar la figura en el aparador, Daniel se dio cuenta de que le temblaban las manos.

Se acercó a ella, que se obligó a sonreír y se colocó un mechón de pelo detrás de la oreja.

–Parece muy cara –comentó–. Me habría sentido muy mal si se hubiese roto.

Él le puso una mano en la espalda para tranquilizarla y miró a su alrededor.

–¿No te suena nada? –le preguntó.

–Nada –respondió ella–, pero no me siento del todo incómoda.

Eso era bueno. Prometedor.

–A lo mejor deberías pensártelo mejor y quedarte aquí con Cara –le sugirió.

–No, lo que les has dicho a mis padres tiene sentido. Me gustaría marcharme y dejar que mi cerebro descanse. Aunque tengo que admitir que me ha sorprendido la invitación, pensé que te estaba agobiando.

No lo estaba agobiando, pero lo que había ocurrido la noche anterior lo había vuelto loco. Por eso le había parecido que lo mejor era tenerla lejos. No obstante…

–Es evidente que la intención de tus padres es buena, pero creo que te estaban confundiendo todavía más –le dijo–. Y, además, mi invitación no ha sido del todo desinteresada.

Scarlet se giró hacia él y lo miró con los ojos brillantes.

–¿Estás sugiriendo que retomemos lo nuestro donde lo dejamos anoche? Porque estoy bastante segura de que tiene que haber un dormitorio por aquí.

Se inclinó hacia él, pero Daniel supo que no era el momento ni el lugar. La agarró de los brazos.

–Mi piloto nos está esperando.

Ella se quedó pensativa.

–No sé qué ropa tengo para ir de vacaciones –dijo, dirigiéndose hacia las escaleras.

Daniel la siguió. No supo si debía comentarle

que, cuando no se concentraba demasiado, parecía saber dónde estaba.

En el piso de arriba había dos habitaciones con sus baños. Daniel la vio entrar en la habitación principal e ir directa al armario. Ella abrió las puertas y cuando Daniel se acercó se dio cuenta de que tenía toda la ropa y los zapatos organizados por colores. Las faldas y los pantalones estaban a un lado, las camisas a otro. Y los vestidos, colgados en el centro.

Scarlet silbó.

–Parece que tengo buen gusto. Los zapatos son preciosos. Al parecer, me gasto todo el dinero en tiendas.

–¿Tienes biquinis? –le preguntó Daniel–. Vamos a pasar mucho tiempo en el agua.

Scarlet buscó por los cajones.

–Ninguno –respondió–. Tengo la piel muy blanca. A lo mejor no tengo traje de baño porque nunca me pongo al sol.

–Hay un nuevo invento. Se llama crema solar.

Ella miró la zona de los pantalones.

–Lo único que tengo de sport son un par de vaqueros. No tengo chanclas, ni siquiera con plataformas y brillos. ¿Qué clase de persona no tiene nada de ropa normal?

–Pues… no lo sé. ¿Una persona que está preciosa con un vestido de Versace?

–Gracias, pero me sentiría más cómoda con unos pantalones vaqueros cortos.

–A mí me gustas desnuda –dijo él–. Vaya, no tenía que haber dicho eso.

–Porque antes no me gustaba oírlo –adivinó ella, mordiéndose el labio inferior–. ¿Seguro que no podemos entretenernos unos minutos?

–¿De verdad piensas que tendríamos bastante con unos minutos? –preguntó él.

Vio una maleta en la parte alta del armario y la sacó.

–Mete un par de cosas, ya te llevaré de compras cuando lleguemos allí.

Ella lo golpeó en el pecho.

–Está bien.

Abrió otro grupo de cajones y Daniel gimió en silencio al ver la lencería. Pensó que tal vez la antigua Scarlet tampoco hubiese sido una reprimida.

Ella sacó un tanga de encaje negro.

–Pequeño, negro y de encaje –dijo–. Le agradezco a Morgan que me haya prestado ropa interior, pero esta me parece mucho más divertida.

–No me vas a hacer cambiar de opinión –le advirtió él.

–¿No?

Él cerró la maleta y la levantó, interponiéndola entre ambos.

–No.

–Entonces, date la vuelta. Voy a cambiarme.

Empezó a quitarse la camiseta por la cabeza y Daniel trago saliva. No llevaba sujetador. Dejó la maleta en el suelo.

–Ya está. Voy a llamar a la policía.

Pero ella ya se estaba quitando los pantalones y las braguitas. Daniel empezó a sudar.

–Aquí hace demasiado calor.

Ella se acercó y Daniel no necesitó más provocación; la besó. Ella empezó a desabrocharle la camisa y después enterró los dedos en el vello de su pecho. Cuando separó los labios de los de él para tomar aire, Daniel la agarró por las caderas y le advirtió:

–Si vas a aprovecharte de mí otra vez, va a tener que ser rápidamente.

Scarlet lo besó en el pecho y después se puso de rodillas. Le desabrochó el pantalón, le bajó los calzoncillos y le acarició el sexo con la boca. Daniel tuvo que agarrarse a la puerta.

Aquel iba a ser un viaje muy complicado.

Capítulo Ocho

Scarlet le dio un sorbo a su vaso de agua helada y miró a la persona que tenía sentada enfrente. Por fin, se aclaró la garganta.

–Todavía no te he dado las gracias.

Morgan Tibbs levantó la vista de la revista *Forbes*.

–El jet es de Daniel, no mío –respondió.

–Me refería a la ropa.

–Ah, pensé que te haría falta.

Morgan volvió a su revista y, Scarlet, a beber agua.

–Supongo que debería sentirme rara –añadió por fin–, viajando a la otra punta del mundo con personas a las que casi no conozco, en un lujoso jet privado. Pero la sensación no es más rara que la que he tenido en las últimas veinticuatro horas.

–¿Te refieres a la amnesia?

–Sí.

Morgan dejó la revista.

–Tengo una tía que perdió la memora repentinamente. Era maestra. Cuando no se presentó en el trabajo varios días seguidos, fueron a buscarla. Estaba a más de cien kilómetros de su casa, meditando con un grupo de hippies que estaba esperando en un aparcamiento a que llegase un ovni.

Mi tía no se acordaba de nada. Al parecer, su marido, que había fingido su propia muerte veinte años antes, había aparecido en la puerta de su casa y le había dado un susto de muerte.

–¿Y recuperó la memoria?

–Casi en cuanto la llevaron de vuelta a su casa.

–A mí no me ha ocurrido.

–¿No te acuerdas de nada?

–De muy poco.

Morgan se tocó el pendiente de la oreja derecha.

–Tal vez tu mente te esté diciendo que necesitas un descanso.

–Tengo unos padres agradables que se preocupan por mí. Una casa bonita. Un buen trabajo. Grandes amigos.

–Suena bien. Parece que tenías una vida estupenda –respondió Morgan–, pero aquí estás, huyendo de todo eso.

Daniel se acercó por el pasillo.

–Morgan, estas cifras no cuadran. ¿Puedes repasarlas?

–Encantada.

Morgan se levantó, tomó el ordenador portátil de Daniel y desapareció.

Cuando Scarlet supo que la otra mujer no podía oírla, le preguntó a Daniel:

–¿Ha pretendido ser jocosa?

–Siempre es así –respondió Daniel sentándose a su lado–. Y es la mejor secretaria que he tenido nunca.

Scarlet dejó de sonreír.

–Daniel, ¿crees que podría tratarse de una amnesia autoinfligida?

–¿Qué? ¿Piensas que pudiste tropezar y darte un golpe a propósito?

–Nuestros cerebros son tan inconmensurables como el universo.

Lo único que Scarlet sabía era que se sentía segura con él.

–No te conocía mucho, ¿verdad? –le preguntó–. Pero mi instinto me dice que eres mejor que todos los demás juntos. ¿Por qué?

Él sonrió de manera relajada. De una forma muy sexy.

–No soy médico.

–Eres mi amigo –le dijo ella–. ¿Verdad?

–Por supuesto.

Pero no parecía convencido.

–En otras palabras –decidió Scarlet–, que lo mejor será que me relaje, que disfrute de estas vacaciones pagadas y que deje de preocuparme.

–Eso sería lo que te aconsejaría yo. Pero estás acostumbrada a tener objetivos.

–Eso es bueno, ¿no?

Daniel apartó la mirada.

–A no ser que sean objetivos equivocados –añadió ella.

–O que no sean tus propios objetivos.

–¿Los de mis padres?

Él volvió a mirarla.

–Scarlet, estabas prometida y rompiste el compromiso hace solo unos días.

–¿Es una broma? ¿Iba a casarme?

–Pero decidiste que no era la persona adecuada para ti.

–Vaya, espero no haberle roto el corazón.

La expresión de Daniel era indescifrable.

–¿Sabe lo de mi caída? –le preguntó con curiosidad–. ¿Que he perdido la memoria?

–Tu padre ha hablado conmigo a solas antes de que nos marchásemos y me ha dicho que ha hablado con Everett Matheson.

Ella intentó recordar, pero el nombre no le decía nada.

–¿Y?

–Que tu ex está muy ocupado en Nueva York.

Scarlet recordó de repente una risa pomposa que hizo que se estremeciese.

–¿No se ha preocupado? –preguntó–. ¿Lo más mínimo?

Daniel alargó la mano y tomó la suya.

–No te preocupes. No te merecía.

Volaron directamente a Sídney, dejaron a Morgan en casa y después fueron a Cairns en un coche descapotable. Cuando Scarlet entró en la planta baja de la casa de la playa de Daniel y se encontró con las vistas del mar, dejó escapar un grito ahogado.

–Es como el paraíso. ¿Cómo puede alguien querer vivir en cualquier otro lugar?

–Pues todavía no has estado en el yate.

–Eres muy afortunado.

Daniel pensó aquello. Deseaba que su niñez

hubiese sido diferente. Normal. Pero no vivía en el pasado. Había seguido adelante. Se había hecho a sí mismo.

Scarlet se miró los brazos.

—Me he puesto protección en el coche, pero necesito más. Estoy deseando darme un paseo por la orilla del mar —le dijo—. Y necesito un bañador.

—Vamos a ver qué podemos hacer.

La acompañó al piso de arriba, en el que había un único dormitorio. Sobre la cama había un montón de cosas que Morgan y él habían comprado por Internet durante el viaje.

Scarlet se tapó la boca con ambas manos.

—¿Es todo para mí? —preguntó, acercándose a los vestidos y mirando las etiquetas—. ¡Es una locura! Has debido de gastarte una fortuna.

—Recuerda que eres una mujer a la que le gusta la ropa de calidad.

—La verdad es que no —lo contradijo ella sonriendo—, pero no voy a quejarme.

Daniel la vio danzar por la habitación con varias prendas pegadas al cuerpo, se acercó a darle un beso en la mejilla y él pensó que parecía una niña la mañana de Navidad. Estaba feliz y le encantaba verla así.

También pensó que iba a ponerse muy triste cuando aquella Scarlet desapareciese.

—Si no te gusta nada, podemos devolverlo —le dijo.

—¡De eso nada! Me encanta todo —respondió ella. Luego se quedó pensativa y comentó—: Siempre eres así de atento, ¿verdad? Te gusta sorprender a los demás. Verlos felices.

Él se frotó las manos y se acercó a ella.

–También puedo llegar a ser muy egoísta.

–Creo que deberías mostrarme esa otra faceta, para poder comparar.

Lo mismo pensaba él.

Scarlet dejó a un lado el colorido vestido que tenía en las manos y se reunieron en el centro de la habitación. Lo abrazó por la cintura mientras él la levantaba en volandas y un segundo después sus labios se juntaban. Al menos, estaba volviendo a besarla.

Desde la sensual escena de su vestidor, Daniel había guardado las distancias.

Se había contentado con tocarle el hombro, con rozarle el brazo casi sin querer. Había mantenido las manos quietas incluso cuando después del vuelo, se habían metido en su coche y habían vuelto a estar a solas otra vez.

En esos momentos estaba desatado. No podía esperar más a tener a Scarlet desnuda, gimiendo debajo de él. Luego quería que cambiasen de posición y que ella se pusiese encima. Y aquel era solo el principio.

Mientras la besaba, empezó a desabrocharle la blusa, pero los agujeros eran muy pequeños y los botones, demasiados. Era frustrante.

Daniel rompió el beso para ver qué estaba pasando. ¿Por qué Scarlet no lo ayudaba? Estaba tan tranquila, esperando. Y él nunca se había sentido tan torpe.

–Me quieres hacer sufrir –la culpó.

–¿Cómo te sientes?

¿Era una venganza?

–Morgan ya me aguanta muchas cosas –le dijo él–. Teníamos que controlarnos en el avión.

–Y, ahora, ¿cómo llevas lo del control?

Él tiró de la blusa y los botones cayeron al suelo.

–Es evidente que mal –respondió Daniel, dejando sus pechos al descubierto–. No llevas sujetador.

Ella se quitó la blusa.

–Parece ser que no me gustan.

Él admiró su cuerpo y luego le preguntó mientras la besaba en el cuello:

–¿Tenías muchas ganas de ir a la playa?

–Después de tanto tiempo sentada en el avión, nos viene bien hacer algo de ejercicio –murmuró ella, pasando las manos por su pelo.

–Se puede hacer ejercicio de muchas maneras. ¿Sabes que solo desnudándote quemas entre ocho y diez calorías? –le preguntó, mordiéndole el lóbulo de la oreja–. Y un intercambio sexual vigoroso puede quemar cuatrocientas. Aunque lo mejor, por supuesto es llegar al…

–¿Orgasmo?

Él sonrió contra sus labios.

–Cuantas más veces, mejor.

Sin dejar de besarla, la guió hasta la cama mientras le acariciaba la espalda desnuda y le metía los dedos por los vaqueros.

Cuando las pantorrillas de Scarlet chocaron levemente contra la cama, esta rompió el beso y le preguntó:

–¿Estás sudando ya?

Daniel se estaba desabrochando los pantalones vaqueros.

–Me interesa más tu índice metabólico.

Metió la mano entre sus piernas y hundió dos dedos en la humedad y el calor de su sexo.

Scarlet giró la cabeza a un lado, levantó las caderas y sonrió. Él la besó en la oreja, en la frente, y ella elevó la pelvis todavía más. Daniel también estaba cada vez más excitado.

La recordó arrodillada ante él, tomando su erección con la boca. Durante el vuelo se había contenido, pero había pensado en darle a Scarlet el mismo placer.

De repente, la notó sacudirse y vio cómo cerraba los ojos, tomaba aire y se entregaba al placer.

Él no le dio tiempo a que se recuperase. En su lugar, la tumbó boca arriba en la cama, con el trasero cerca del borde del colchón y las piernas en el suelo. Se quitó los pantalones y se colocó entre sus piernas. Solo de verla abierta a él estuvo a punto de perder el control. Pero entonces se agachó ante ella y, acariciándola con la lengua, la hizo llegar al clímax otra vez.

El día siguiente amaneció espectacular. No había ni una nube en el cielo, muy poco viento y el mar estaba perfecto, transparente.

Desde la parte trasera de su increíble casa de Hinchinbrook, Daniel le enseñó a Scarlet la carretera que llevaba hacia el sur y algo de terreno que, al parecer, era suyo, pero había donado a la comunidad.

Y el yate era para caerse de espaldas.

—Hay presidentes con yates peores que este —comentó Scarlet.

—La empresa es de un amigo mío —respondió él, como si eso lo explicase todo, haciéndole un gesto para que subiese a bordo—. Vamos a navegar.

Scarlet subió y vio cómo arrancaba el motor.

—Vamos a navegar a unos diez nudos —le dijo él—. Pasaremos por la isla de Hinchinbrook más o menos en treinta minutos.

Scarlet se aferró a la barandilla y aspiró la brisa salada del mar.

Aquello era otro mundo. ¿Quién necesitaba Washington, su politiqueo y sus atascos? Ella lo único que quería era andar descalza. Quería seguir sintiéndose libre.

—Háblame de este lugar —le pidió a Daniel—. Me recuerda a Tahití.

Él la miró fijamente.

—¿Es un recuerdo personal?

—No lo sé.

Daniel frunció el ceño y volvió a concentrarse en el mar.

—La isla tiene aproximadamente treinta y ocho kilómetros de largo y diez de ancho. Y tiene once playas que salen en postales y anuncios de agencias de viajes. El parque nacional es un paraíso de treinta y nueve mil hectáreas.

–Te lo sabes muy bien.

Él sonrió.

–No es la primera vez que hago de anfitrión.

Scarlet pensó que tenía que haber habido muchas otras mujeres en la vida de Daniel. Y que también ella debía de haber tenido algún amante. El tal Everett, para empezar. Pero cuando miraba a Daniel, le costaba imaginarse con otro hombre. Tampoco podía pensar en con quién saldría él cuando su aventura se terminase.

Porque iba a terminarse. Ella recuperaría la memoria y sus diferencias volverían a salir a la luz. Scarlet sabía que procedían de dos mundos diferentes.

Al llegar a mar abierto, Daniel aumentó la velocidad y la isla se vio cada vez más cerca.

–¿Puede venir quien quiera?

–Hay un complejo turístico, pero solo se permite que un número limitado de visitantes entre al parque natural. Nosotros iremos otro día. Hoy quiero que veas el arrecife.

Siguieron navegando y Scarlet observó a Daniel, que era evidente que adoraba aquel lugar. Ella intentó imaginarse disfrutando de esa vida día tras día, estando siempre así con Daniel. Entonces recordó lo que sabía de su vida en Washington y supo que eso jamás podría ser.

Daniel empezó a reducir la velocidad. El agua que los rodeaba era cristalina. Transparente. A lo lejos, empezaron a verse plataformas de coral.

Scarlet pudo ver varios bancos de peces y deseó sumergirse en el agua y bucear.

Oyó un chirrido y supuso que era el ancla. Daniel apagó el motor y se frotó las manos.

–Vamos al agua.

Diez minutos más tarde estaban equipados y metiéndose en el mar, que estaba a la temperatura ideal.

Daniel la enseñó a utilizar las aletas y el tubo para respirar.

–Puedes nadar por la superficie –le dijo–. O tomar aire, sumergirte y bucear.

Un pez enorme pasó al lado de los pies de Scarlet.

–¿Debo tener miedo?

Él se echó a reír.

–Debes disfrutar.

Pasaron la siguiente hora en el agua y después Daniel anunció que tenían que comer algo y descansar.

–Si no estoy cansada.

–Bueno, pero será mejor que te pongas un rato a la sombra.

Daniel tenía el frigorífico lleno. Comieron queso y paté y la mayor variedad de mariscos que Scarlet había probado, todo delicioso. Esta se preguntó si podía haber una vida mejor que aquella. Un acompañante más guapo. Y un deseo más potente de mantener las cosas entre ambos tal y como estaban en esos momentos.

De repente, se sintió melancólica. Tal vez jamás volviese a ser tan feliz.

El cielo empezó a llenarse de nubes de repente.

—¿Hay tormentas fuertes por aquí? —preguntó.

—Hace un par de años pasó un ciclón y destrozó el pueblo. La mayor parte de la gente tuvo tiempo de salir de la isla. Otros pocos y yo nos quedamos en el refugio que había hecho construir en el interior de la isla.

—¿Que tú te quedaste por gusto? ¿No tenías miedo?

—Sí, tuve miedo —admitió Daniel—. Nos quedamos en el refugio hasta que el viento amainó. La escena fuera era dantesca. Hice una grabación que dio la vuelta al mundo. Y cuando volví a casa tenía un barco incrustado en la segunda planta.

Ella miró a su alrededor.

—Es difícil de creer que tanta tranquilidad pueda de repente transformarse en algo tan violento.

—Son cosas que ocurren —respondió él—. Después de la tranquilidad, a veces hay tormenta.

Como la que se estaba empezando a formar en el interior de Scarlet, que ya había comenzado a recordar.

Esa tarde se les acercó un grupo de tortugas.

Scarlet se sentó en el banco que había en la popa y, con la barbilla apoyada en los brazos, las observó maravillada.

Además de subido a su moto y en la carretera, aquel era el lugar en el que Daniel se sentía mejor. Allí no tenía que pensar en el trabajo ni en los numerosos problemas del mundo. Cuando salía a navegar se olvidaba de todo.

Estaba pasando el día con una mujer que parecía tan fascinada por la experiencia como él. Y cada vez que la miraba su idea de quién era Scarlet Anders cambiaba y veía en ella algo diferente. Todo el mundo merecía la oportunidad de sentirse tan natural y libre como se sentía ella en esos momentos.

La brisa la despeinó y ella se sujetó la melena y, entonces, se dio cuenta de que Daniel la estaba observando. Le sonrió de oreja a oreja, sinceramente. Y a Daniel se le derritió el corazón.

No la había besado desde que se habían subido al barco y tal vez aquel fuese el momento de remediarlo.

—Señor Daniel McNeal —dijo ella—. Es evidente que tiene raíces irlandesas.

Él, que había empezado a andar hacia Scarlet, se detuvo. No quería estropear el día sacando temas como su pasado, pero Scarlet tenía curiosidad.

—La familia de mi padre procedía de Irlanda.

—A mí me encanta su acento. ¿Tu madre se enamoró de él a primera vista?

—Tengo entendido que fue mutuo.

Ella arqueó una ceja.

—¿Y?

—Que se casaron enseguida. Y tuvieron un hijo.

—Y le pusieron de nombre Daniel —añadió ella—. Mi padre parece tan… insulso. Apuesto a que el tuyo era todo un personaje.

Daniel pensó que era una forma de decirlo.

–Le gustaba trabajar duro –dijo él–. Ahorrar por si surgía una necesidad.

–¿Y la necesidad surgió?

Daniel deseó cambiar de tema, pero la decisión estaba tomada. Cuando fuesen a Sídney, llevaría a Scarlet a conocer a su padre adoptivo, el hombre que había sido como su padre durante más de veinte años. Así que tenía que contarle al menos parte de su pasado.

–Cuando yo tenía cinco años, mi padre se quedó sin trabajo y… cambió.

Aquello era más difícil de lo que había pensado. Ella se acercó y apoyó una mano en su brazo.

–Todo el mundo merece tener la oportunidad de trabajar y de ganarse la vida decentemente.

Él estaba de acuerdo. Trataba a todos sus empleados con respeto y los recompensaba por el trabajo bien hecho.

–Mi padre se volvió hosco –le contó a Scarlet–. Empezó a beber. Yo creo que el whisky le hacía olvidar. También lo volvía violento.

Scarlet le apretó el brazo. Él quiso sonreír y decirle que no pasaba nada, que, en realidad, su padre nunca le había hecho daño a nadie, pero eso no era cierto.

Notó que se le encogía el pecho y se le cerraba la garganta. Le ocurría siempre que pensaba en aquella época. Intentó contener la sensación de náusea, la ira, pero todavía no había terminado de contarle a Scarlet todo lo que esta tenía que saber. Aunque no se lo fuese a contar todo.

–Mi padre hacía cosas que, después, no recordaba haber hecho por la mañana –añadió mientras una nube oscura tapaba el sol y la temperatura bajaba un grado–. Un día mi madre le pidió que se marchase. Y se fue, pero a veces venía por las noches, entraba a mi habitación por la ventana y me decía que iba a volver. Y yo quería que volviera a casa, pero no así.

–Ojalá pudiese volver atrás en el tiempo y darte un enorme abrazo –le dijo Scarlet–. ¿Y los dos murieron cuando tú eras pequeño?

–Me acogió un hombre llamado Owen Cedar.

–¿Era un buen hombre?

–Muy bueno. Te llevaré a conocerlo cuando vayamos a Sídney.

–Y tu padre biológico…

–Nunca pienso en eso –le dijo él–. Forma parte del pasado.

Se secó el sudor que tenía en la nuca y deseó que bajase la temperatura.

Entonces empezaron a caer gotas. Él miró hacia el mar; las tortugas se habían marchado.

–Tenemos que volver.

Scarlet puso gesto de decepción.

–¿No podemos quedarnos dentro del barco?

Daniel la abrazó, la besó y notó cómo se estremecía contra su cuerpo. Y la mala sensación que había tenido desapareció. La agarró por la cintura y la llevó hacia la cabina.

Necesitaban una ducha para quitarse la sal del cuerpo y él pretendía ayudar a Scarlet a que no le quedase ni un gramo.

Scarlet se agarró a la cintura de Daniel y pensó que había sido una tonta por tener miedo a montar en moto.

Habían pasado tres días recorriendo la carretera de la costa en ella y no estaba segura de qué le gustaba más, si eso o los tranquilos paseos en barco.

Además, Daniel le había enseñado la isla de Hinchinbrook y habían paseado juntos por playas increíbles.

El cuarto día habían volado a Victoria, el estado más meridional de Australia. Y allí había estado esperándolos su preciada moto.

En ese momento se apretó contra su espalda y disfrutó de la sensación de libertad que le proporcionaban una moto y un sexy multimillonario.

Pero los recuerdos estaban volviendo.

Estaba empezando a acordarse de su vida en Washington, de sus padres, y de cómo había empezado su negocio con Ariella. Su cerebro todavía no le había proporcionado información acerca de su primer encuentro don Daniel, aunque tenía la sensación de que se había disgustado con él por algo, y que ella le había dicho que no podían estar juntos porque….

Porque… Bueno, de eso todavía no se acordaba.

Y no le había contado que estaba recordando. Prefería disfrutar de aquel tiempo juntos sin com-

plicaciones. En esos momentos solo quería libertad. Diversión. Quería ese otro mundo.

Pararon junto a una tranquila playa y fueron
hacia la arena de la mano. Scarlet miró hacia el
horizonte, respiró hondo y él la abrazó por la espalda.

—Es bonito, ¿verdad? —le susurró al oído—. Casi
tan bonito como tú.

Ella se emocionó y se aferró a sus brazos.

—Le voy a decir a Max que traiga a Cara para su
luna de miel —comentó Daniel—. Podría ser mi re-
galo de bodas. Mi sorpresa.

Se echó a reír.

—Creo que me estoy ablandando.

Y, por algún motivo, aquello fue lo que hizo que
Scarlet recordase todo lo demás. Se acordó del día
que Daniel había llegado a DC Affairs, se acordó de
las rosas y del canguro. Y, sobre todo, se acordó del
apasionado beso. Y…

De todo.

Capítulo Nueve

Scarlet observó embelesada las vistas que había desde la casa de Daniel en Sídney.

–Debe de ser la ciudad más bonita del mundo –comentó, mientras él salía también a la terraza.

Las conchas gigantes de la ópera, rodeadas por agua en tres lados, eran una maravilla arquitectónica y un motivo de orgullo local. A la izquierda, la ciudad parecía joven y llena de vida. Y el puerto era enorme y muy azul.

–Deberías venir a pasar el fin de año aquí –le dijo Daniel–. Hay muchos barcos y gente en la orilla. Y a media noche el puente se ilumina con los fuegos artificiales y el cielo se llena de explosiones de luz y color.

Scarlet se giró hacia él. Daniel le había enseñado la casa y a ella no le parecía que fuese de su estilo.

–¿Cuándo se construyó este edificio?

–En los años veinte. Noté su energía nada más entrar. Y las vistas son increíbles.

–Deberías darle una mano de pintura.

–¿Conoces a algún pintor bueno?

Ella estuvo a punto de recomendarle a uno, pero se mordió el labio.

Había recuperado completamente la memoria, pero tenía que encontrar el momento adecuado para decírselo a Daniel.

Al aceptar su oferta de irse de vacaciones había aceptado también una parte de sí misma que jamás había pensado que existiese: impulsiva, apasionada. Y en esos días se había convertido en otra persona.

Más equilibrada. Menos drástica.

Pero no podía esconderse allí eternamente. Las vacaciones iban a terminar; ¿cómo podía ella abordar el tema y confesar que había recuperado la memoria, pero no se lo había dicho?

Daniel había puesto un brazo alrededor de sus hombros. Se giró hacia ella y pasó los labios por su coronilla, por su sien. Scarlet cerró los ojos y se relajó.

–¿Quieres dar una vuelta por el puerto? –le preguntó él.

–Umm. ¿Qué has dicho?

–Que podemos dar una vuelta por la costa norte en un ferry –le dijo él, acariciándole el vientre–. O también podemos quedarnos en casa.

Ella sonrió.

–¿No querías que fuésemos a ver a tu padre? –preguntó–. A tu padre adoptivo, quiero decir.

Daniel quería pasarse a ver a Owen. Lo iba a llamar, pero antes necesitaba satisfacer un anhelo que crecía cada vez más en su interior. Inclinó la cabeza hacia Scarlet, que parecía tener algo que compartir con él, y le dio un beso que solo consiguió que quisiese más.

Se alegró de que a ella no le apeteciese hacer turismo porque prefería que estuviesen un rato en la cama. Pretendía quitarle la ropa y cubrir su cuerpo de caricias antes de pensar en nada más.

Excepto hacer aquella llamada.

Rompió el beso y dejó a Scarlet contemplando las vistas. Sacó su teléfono, entró en la casa y fue al dormitorio principal.

Mientras esperaba a que Owen respondiese al teléfono, Daniel pensó en el modo en que Scarlet lo había besado unos segundos antes. Llevaba veinticuatro horas menos explosiva, más pensativa.

Incluso cauta.

Antes de la caída no había querido volver a verlo y le había dicho que era un loco por el deporte, un mujeriego que solo pensaba en el placer. Todo lo contrario a ella. Tal vez estuviese empezando a recordar y le sorprendía haber intimado tanto con él.

Daniel apartó las sábanas de la cama y estaba entrando en el cuarto de baño para abrir el grifo caliente de la bañera cuando Owen respondió al teléfono.

Lo primero que hizo fue reír al oír su voz.

—Estoy en la ciudad —anunció Daniel.

—¿Y qué vas a hacer esta noche?

—Ir a verte.

—Perfecto. Doy una fiesta.

–¿Para recoger fondos para una de tus obras para la comunidad?

–Ya me conoces.

–¿Y va a ser todo música country? –preguntó Daniel–. ¿O habrá algo de rock-and-roll?

–Podemos hacer una votación.

Daniel supo que la haría. Owen era así. Siempre escuchaba, siempre era justo.

–¿Te importa si llevo a alguien? –le preguntó.

–No, siempre y cuando la chica sepa bailar.

Daniel no le preguntó cómo sabía que era una mujer. Owen sabía que había salido con muchas mujeres, pero era un tema del que nunca hablaban. Daniel nunca había tenido con él la confianza que tenía con Scarlet, y en tan poco tiempo.

Era extraño.

Pero cuando Scarlet recordase su pasado, ¿querría seguir conociéndolo o le daría inmediatamente una patada en el trasero?

Terminaron la llamada y, sin cerrar el grifo de la bañera, Daniel volvió a la terraza.

–Vamos a necesitar sombreros de vaquero –anunció.

–¿Vamos a ir a un rodeo?

–No, a una fiesta en casa de Owen. Habrá que bailar música country y, con un poco de suerte, a última hora pondrán algo de AC/DC.

Daniel fingió que tocaba la guitarra y entonces la vio apretar los labios y ponerse seria. Y supo que la antigua Scarlet estaba regresando.

Pero un instante después el rostro de Scarlet

volvía a cobrar vida y esta lo agarró y se puso a bailar con él. Daniel rio aliviado y la tomó en volandas para llevarla al dormitorio.

Una vez allí, Scarlet comentó:

–Hay un grifo abierto.

Daniel la llevó al cuarto de baño, la dejó en el suelo y echó un producto bajo el grifo. La espuma empezó a crecer y un aroma a lavanda los envolvió.

–Umm, qué relajante –comentó Scarlet, fingiendo que bostezaba–. Creo que me voy a dormir.

–Puedes intentarlo.

Daniel le quitó la camiseta y pensó que le encantaba que no llevase sujetador. Le bajó los vaqueros y, mientras Scarlet se deshacía de ellos, él se desnudó también. Luego tomó su mano y entraron en la enorme bañera.

Una vez sumergidos en el agua, Daniel la sentó en su regazo y besó sus pechos.

Ella enredó los dedos en su pelo y se apretó contra él.

–Podría quedarme aquí todo el día –murmuró mientras metía una mano entre ambos y empezaba a acariciarle la erección.

Luego cambió de postura y la colocó entre sus piernas, a la entrada de la parte más sensible de su cuerpo.

Él gimió y notó cómo el deseo aumentaba en su interior. Rodeó uno de los pezones de Scarlet con la lengua y lo acarició hasta que vio que esta echaba la cabeza hacia atrás. Y entonces deseó agarrarla de las caderas y penetrarla hasta el final.

Pero no tenía protección. Era difícil usarla en el agua. Y no era seguro.

Así que la empujó suavemente, salió del agua y la ayudó a levantarse también. Tomó dos toallas y, después de envolver a Scarlet en una, se puso la otra alrededor de las caderas.

Luego fueron al dormitorio y, después de tumbarla en la cama, se tomó su tiempo secando las gotas de agua y de aceite perfumado de su cuerpo.

Cuando hubo terminado, empezó a darle besos en el interior de los muslos y se entretuvo acariciándola también con la lengua. Después, buscó un preservativo.

Se lo puso y volvió a besarla apasionadamente, demostrándole lo mucho que aquello significaba para él.

Lo importante que era ella para él.

Scarlet lo abrazó con las piernas y los brazos mientras Daniel la penetraba.

Y él empezó a moverse encima de su cuerpo, sin apartar la mirada de su rostro. Supo que esa vez era diferente, aunque no estuviese seguro del por qué. Tal vez porque estaba en su casa, o porque llevaban varios días juntos, los dos solos.

O porque nunca había estado con una mujer como Scarlet.

Entonces notó que llegaba al clímax y una tremenda explosión lo sacudió por dentro y por fuera, el cuerpo y el alma, enterró el rostro en el pelo mojado de Scarlet y estuvo a punto de decirle algo que no había dicho desde niño. Notó que ella también se sacudía a su alrededor y empezó a preocuparse.

Era posible que no tuviese aquella situación bajo control.

Daniel consiguió la ropa adecuada para la fiesta de por la noche: sombreros, botas y unas chaparreras para él, para encima de los vaqueros, y un sensual chaleco negro para Scarlet.

Llegaron temprano a casa de Owen, pero ya sonaba la música. El amplio jardín estaba decorado con fardos de heno y una rústica cerca de madera.

Owen estaba de espaldas a ellos, pero se giró cuando Daniel bajó la música. Lo primero que hizo fue abrir los brazos para recibirlo.

—¡No os he oído llegar!

Se dieron un fuerte abrazo.

—¿Necesitas ayuda?

Owen retrocedió y se limpió el polvo de las grandes manos.

—Ya está todo hecho.

Entonces vio a Scarlet y se acercó a ella con la mano levantada. Mientras charlaban de su estancia en Australia, Daniel notó que se le encogía el estómago. No era la primera mujer que le presentaba a su padre, pero nunca había tenido aquella sensación.

Entonces llegó otra pareja y se saludaron. Luego fueron a servirse algo de beber. Solo refrescos. Owen no bebía alcohol y en sus fiestas jamás lo había. Siguieron llegando invitados y subieron el volumen de la música.

—Es encantador —comentó Scarlet, moviendo el pie al ritmo de la música y mirando a su alrededor.

—No conozco a nadie que no piense lo mismo que tú —le respondió Daniel.

—Tuviste mucha suerte de que te adoptase.

Scarlet lo estaba mirando como si dijese: sé que tu padre se marchó de casa, y que tanto él como tu madre murieron, pero ¿qué pasó entre tanto?

—Owen era amigo de la familia y se ofreció a quedarse conmigo.

—Pero, ¿qué les pasó a tus padres? No te importa que te lo pregunte, ¿verdad?

Lo cierto era que sí.

—No hablo de esa parte de mi vida —contestó con seriedad.

—¿Nunca? —insistió ella.

—Jamás.

En unos veinte minutos se habían reunido en el jardín alrededor de cien personas. Todo el mundo con ganas de pasarlo bien.

Daniel charló con varios vecinos del barrio a los que hacía tiempo que no veía y se aseguró de que Scarlet participara en las conversaciones. Un amigo de toda la vida le contó que su profesor y mentor, el señor Fielding, estaba visitando a unos familiares en Inglaterra, pero nadie dijo nada de cómo este había ayudado a Daniel durante su difícil adolescencia.

Lo cierto era que, durante los años del instituto, se había sentido enfadado. Tan lleno de rabia que se había comportado mal con todo el mundo, incluido el pobre Owen.

El día que había robado un coche y había estado a punto de atropellar a dos personas, había pensado que terminaría en un centro de menores. Por entonces, había estado seguro de que acabaría como su padre. Y había pensado que no se merecía, ni quería, nada en la vida.

Pero el dueño del coche, el señor Fielding, había visto brillar algo en él. Más allá del adolescente furioso, había visto al niño que había sufrido una horrible tragedia. Y había decidido ocuparse de que aprendiese Matemáticas.

Al final de aquel año, Daniel había encontrado un objetivo en la vida. Con diecinueve años, había montado su negocio. Y poco después había conseguido su primer millón de dólares.

Terminó otra canción y Owen tomó el micrófono.

–Chicos, Marco, Calum, llevad a mi hijo y a su vaquera al centro de la pista.

Daniel no necesitó que nadie lo llevase. Tomó el vaso de plástico que Scarlet tenía en la mano y lo dejó encima de una mesa.

–Vamos.

Su padre dio instrucciones acerca de cómo bailar la siguiente canción y volvió a poner la música, y todo el mundo empezó a moverse a la vez. Cuando la canción terminó, hubo aplausos y vítores, y Daniel tomó a Scarlet en brazos y la hizo girar por los aires.

—¿Bailamos otra? —le preguntó después de dejarla en el suelo.

Ella tomó aire y asintió, pero Daniel vio algo en sus ojos. Algo diferente. El mismo brillo de aprensión que había visto en ellos esa mañana.

Pero empezaron a bailar con otras diez parejas y Daniel se dejó llevar por la música y disfrutó del momento con Scarlet.

Sin embargo, en esa ocasión, cuando la canción terminó y se dio cuenta de que lo estaba mirando otra vez de esa manera, se acercó mucho a ella y le preguntó directamente:

—¿De qué te acuerdas?

—Me acuerdo de que me encantan las gominolas, pero solo las rosas. Podría pasarme el día comiéndolas, pero me controlo. O lo intento.

—¿Y de qué más?

—De mis padres, de mi trabajo, de mis amigos. De Cara, de Francesca Orr, de Lee, nuestra recepcionista. Y de la situación de Ariella. Me siento fatal por haberla abandonado cuando más me necesita.

—¿Y te acuerdas de nosotros?

Ella tardó un segundo en asentir.

—¿De todo?

Scarlet repitió el movimiento de cabeza.

—¿Desde cuándo?

—Más o menos desde que nos marchamos de Hinchinbrook.

Él echó la cabeza hacia atrás. Así que Scarlet ya había recuperado la memoria cuando habían hecho el amor en el barco la última vez. ¿Por qué no se lo había dicho?

—Así que has estado casi todo el tiempo fingiendo.

—Daniel, no ha sido así. Por favor, no te enfades.

—Soy un tipo tranquilo, ¿recuerdas? Nunca me enfado.

—Yo no estoy enfadada contigo. Ni me arrepiento de este viaje ni de las cosas que hemos hecho, que hemos compartido.

—Pero…

—Pero ha llegado el momento de volver.

—¿Y de reparar tu maltrecha reputación?

—En los comentarios que has puesto en Waves no has mencionado en ningún momento el nombre de tu acompañante. No has puesto ninguna fotografía mía.

—Bueno, es que soy muy considerado y he pensado que debía tener cuidado con la mejor amiga de la hija del presidente.

Aunque todavía no se había confirmado públicamente que Ariella fuese la hija de Ted Morrow.

—Ha sido divertido. Muy romántico y loco —le dijo ella, pasando una mano por la pechera de su camisa—, pero, en realidad, yo no soy así.

—Pues a mí casi me habías convencido —le respondió Daniel.

—Era feliz. Soy feliz. Pero tengo que volver a

casa, a Washington, Daniel. He recordado más cosas de mi pasado...

—¿Qué quieres decir?

—Que tengo un recuerdo. Siempre ha estado ahí... Pero ahora lo veo más claro. Y siempre que me viene a la cabeza me siento como si estuviese fuera de mí misma. Es difícil de explicar.

Daniel se quedó casi sin respiración.

—Tengo que llevarte a un médico –dijo.

—Lo que necesito son respuestas –respondió ella–. Y sé dónde ir a buscarlas.

Capítulo Diez

–Fuiste tan breve por teléfono –le dijo su madre nada más verla, sentándose en el sillón que solía ocupar para leer novelas mientras su marido jugaba al ajedrez en el iPad–. ¿Va todo bien?

–Depende de cómo se mire –respondió Scarlet, sentándose en el sofá–. He recuperado la memoria.

Su padre la miró aliviado.

–Entonces, ¿te acuerdas de todo?

–Sí –respondió ella. Luego se corrigió–: Hasta cierto punto.

Unos segundos antes, cuando Faith Anders les había abierto la puerta a Daniel y a ella, Scarlet se había dejado caer en sus brazos, agotada y aliviada. Y después habían entrado al salón, del que Scarlet se acordaba perfectamente.

Le dolía la cabeza de tanto revivir imágenes y recuerdos. O se estaba volviendo loca, o había algo de su pasado que intentaba salir a flote. Algo con lo que estaba segura que sus padres podrían ayudarla.

–Me acuerdo del instituto, de cuando monté la empresa. Me acuerdo de mis amigos, de vosotros –dijo sonriendo–, pero también me acuerdo de… otros.

Su madre la miró preocupada.

–¿No me irás a decir que estás viendo fantasmas? –preguntó.

–En cierto modo, sí –admitió ella–. Los veo, y los oigo. Y en ocasiones hasta puedo olerlos.

Su madre palideció y su padre se acercó a consolarla.

–Scarlet, eso no tiene ninguna gracia. Estás asustando a tu madre.

–Yo también estoy asustada –confesó ella–. Por eso necesito oír lo que vosotros sabéis.

Faith pareció palidecer todavía más.

–Recuerdo haber tenido una amiga de niña. Una amiga que se parecía mucho a mí. Jugábamos juntas en un columpio hecho con un neumático. Y una mujer nos vigilaba y nos llevaba limonada.

Su padre se quedó perplejo.

–¿Cómo puedes acordarte de eso? –preguntó con voz ronca.

–Solo tenías dos años –balbució su madre.

–Esas dos personas… eran reales, ¿verdad? –preguntó–. ¿Quiénes eran? ¿Por qué eran tan importantes que necesito acordarme de ellas?

–Durante toda tu vida –empezó su madre– nos hemos preguntado si debíamos contártelo.

Scarlet esperó. Y esperó.

–¿Contarme el qué?

–Tenías una hermana… gemela –dijo su padre, agarrándose el puente de la nariz–, pero murió.

Daniel le agarró la mano, pero ella pensó que

aquello no tenía sentido. ¿Una hermana? ¿Que había muerto?

–Se cayó del columpio –se dijo Scarlet a sí misma–. Se dio un golpe en la cabeza.

–Se cayó –le confirmó su padre–. Y después empezó a tener fiebre. Le echaron la culpa al golpe, pero murió de meningitis. Nos quedamos destrozados. Sobre todo, tu madre.

Scarlet se obligó a volver al presente.

–Eso no tiene sentido. Esa niña era mi hermana. Mi gemela.

Estudió el rostro apagado de su madre.

–Pero en mi cabeza tú no eres la madre de esa niña –añadió–. La otra mujer…

–La otra mujer de la que te acuerdas, Scarlet… –dijo su padre, respirando hondo–, es tu madre biológica. Nos casamos un año antes de que nacieras. Después del accidente, se quedó tan destrozada que…

Bajó la cabeza, incapaz de continuar, y Scarlet miró a Faith y se obligó a hacer la pregunta que tenía que hacer.

–¿No eres mi madre?

A Faith se le llenaron los ojos de lágrimas.

–Siempre intenté ser la mejor madre posible para ti –afirmó.

–Imogene… tu madre… se culpó de no haberos vigilado mejor –añadió su padre.

–Pero sí nos vigilaba.

Scarlet cerró los ojos y volvió a recordar.

–En mi cabeza está sonriendo, feliz, siempre ahí.

–El día antes del funeral te mandamos con unos amigos –siguió contándole su padre. Y el día después Imogene había desaparecido. Intenté buscarla. Y la encontré, pero se negó a volver a casa. Tu madre… Faith, era amiga de ambos. Me ayudó cuando lo necesitaba. Y tú enseguida empezaste a llamarla mamá. Nos sentimos aliviados al ver que no parecías sentirte afectada por nada de lo que había ocurrido.

–Así que me dejasteis olvidar.

–Eras tan inocente… –dijo Faith, sin molestarse en limpiarse la lágrima que corría por su rostro–. Teníamos pensado contártelo todo cuando fueses mayor, pero después no encontramos el momento. Supongo que todos queríamos olvidar.

Daniel habló. A pesar de que le estaba agarrando la mano, Scarlet se había olvidado de que estaba allí.

–¿Y dónde está Imogene ahora?

–No tengo ni idea –respondió el padre de Scarlet–, perdí su rastro después de firmar los papeles del divorcio y casarme con Faith.

Daniel tenía otra pregunta más.

–¿Dónde estaba la última vez que supiste de ella?

–En México.

Scarlet bajó la cabeza y se le hundieron los hombros, y Daniel le apretó la mano.

–Te prometo que la encontraremos –le dijo–. Empezaremos a buscarla ahora mismo.

Ella se sentía tan desanimada, tan vacía, que casi no tenía fuerzas ni para hablar.

–Han pasado veinticinco años –dijo–. Y nunca ha intentado encontrarme. ¿Cómo puede hacerle eso una madre a su hija?

Daniel apoyó la frente en la de ella.

–Me temo que eso se lo tendrás que preguntar a ella.

Capítulo Once

Era increíble lo que podía llegar a hacer el dinero.

Dos días antes, sus padres le habían contado toda la verdad de su pasado y Daniel le había prometido que removería cielo y tierra para encontrar a su madre.

En esos momentos, recién salida de una limusina al sol del Sur de California, Scarlet dio gracias de que Daniel tuviese tantos recursos y tantas ganas de ayudarla.

Después de marcharse de casa de sus padres habían ido directos al ático de Daniel, desde donde este había hecho varias llamadas. Una hora después, los mejores detectives privados de la Costa Este estaban trabajando en el caso y buscando pistas.

Las siguientes veinticuatro horas se habían convertido en una agónica espera.

A Scarlet no le interesaba la comida, no podía dormir y la espera la ponía nerviosa. Había perdido a su madre y a una hermana… gemela. ¿Cómo habían podido guardar el secreto sus padres tanto tiempo? Se sentía como una tonta. Como si cada momento que hubiese vivido hasta entonces hubiese sido una mentira.

Y eso le hizo sentirse peor por no haberle contado la verdad a Daniel y no haberle dicho que había recuperado la memoria. No había querido que su aventura se terminase. Cuando él se había enfrentado a la verdad en casa de Owen, se había mostrado muy dolido.

En ese momento, él la agarró de la mano y recorrieron el camino que llevaba a aquella otra casa, y Scarlet pensó en su amiga Ariella y en el aprieto en el que estaba.

Era extraño que, de repente, su situación se pareciese tanto. Ambas querían encontrar a su madre biológica. Scarlet tenía la esperanza de que la búsqueda de la suya estuviese a punto de terminar.

Esa mañana, el detective privado les había dado una dirección. Su madre, Imogene Anders, que en esos momentos utilizaba su apellido de soltera, Barnes, vivía en una casa muy normal de Myrtle Beach. No había vuelto a casarse ni tenía más hijos.

Cuando llegaron a la puerta, cuya pintura verde estaba descascarillada, Scarlet se sintió muy nerviosa. Estaba feliz, pero seguía impactada con los acontecimientos que la habían llevado a aquella situación.

Tenía muchas preguntas.

El detective también le había dado el nombre y la descripción de una mujer que compartía casa con Imogene. Cuando la puerta se abrió, Scarlet supuso que se trataba de la señora Rampling. Debía de rondar los sesenta años, pero se conservaba bien. Daniel se presentó y presentó a Scarlet. Y la mujer respondió:

–Ya le he dicho a ese detective que esto no va a funcionar.

Scarlet se puso alerta. La señora Rampling había reconocido que Imogene Barnes vivía allí, pero se había negado a responder a las preguntas del detective. Imogene tampoco quería salir a la puerta.

–Sinceramente, su opinión, acerca de si esto va a funcionar o no, no me preocupa.

–Lo que Scarlet quiere decir –intervino Daniel en tono diplomático–, es que acaba de enterarse de quién es su madre biológica y está en estado de shock. Le agradeceríamos que le dijese a la señora Barnes que su hija querría que le dedicase unos minutos.

La señora Rampling jugó con el collar que llevaba en el cuello mientras miraba fijamente a Scarlet.

–No te veo muy fuerte.

Scarlet tosió.

–¿Y qué tiene eso que ver?

–Es solo una opinión. Tengo la sensación de que has tenido una vida fácil. Y que tal vez sea mejor dejar lo difícil en el pasado.

A Scarlet se le hizo un nudo en el estómago.

–Me gustaría hablar con Imogene –insistió ella.

La señora Rampling apretó los labios.

Scarlet entendió que enfrentarse a los errores y aceptar responsabilidades no era fácil. Los últimos días que había pasado con Daniel le habían enseñado que intentar ocultar lo negativo no solo era fácil, sino que podía llegar a ser adictivo.

Aunque la pérdida de un hijo no tenía nada que ver con aquello. Era una tragedia que cualquiera querría olvidar, pero Imogene Barnes había tenido otra hija. Una hija con la que no había hablado en veinticinco años y que merecía que la atendiese ya.

—Le ruego que le diga a Imogene que estoy aquí —le pidió Scarlet—. Dígale que no me voy a marchar.

La señora Rampling sonrió y empezó a cerrar la puerta, y Scarlet sintió que perdía la paciencia. Entró directamente a la casa y notó que tenía a Daniel detrás. No podía creer que estuviese entrando así en una casa ajena, pero no podía hacer otra cosa.

La casa olía a repollo. La pintura de las paredes estaba amarillenta y el techo era demasiado bajo. Si su madre no la hubiese abandonado, Scarlet podía haber crecido allí.

Y aquello no tenía nada que ver con los lujos de Georgetown.

—¡Imogene Barnes! —gritó, abrazándose porque, de repente, tenía frío—. Soy tu hija, Scarlet.

Notó la presencia de Daniel detrás de ella y siguió avanzando por el pasillo.

—Por favor. Quiero hablar contigo.

Notó que un brazo fuerte la sujetaba por la cintura.

—Quiero que me diga a la cara que no quiere

verme –le dijo a Daniel–. Ni siquiera necesito una explicación, pero me debe al menos…

Dejó de hablar al ver que se movía algo en una habitación cercana… una persona sentada en un sofá, mirando por una ventana. Solo se veía el pelo, que tenía un color rojizo muy peculiar.

Scarlet entró en la habitación mientras la señora Rampling protestaba:

–No entres –dijo–. La vas a asustar.

La agarró del brazo.

–Imogene no te conoce –añadió.

–Ni yo a ella –replicó Scarlet–. Y eso es lo que he venido a cambiar. Imogene. Madre.

Rodeó el sofá y se detuvo de golpe cuando la mujer apartó los ojos verdes de la ventana y los clavó en ella. Tenía los ojos muy brillantes, pero no parecía reconocerla, ni arrepentirse de nada. Su expresión…

No cambió al verla.

Scarlet se puso de cuclillas.

Aquel rostro le era desconocido y, al mismo tiempo, tremendamente familiar. Se sintió como si estuviese mirando una bola de cristal que predecía el futuro.

Mareada, Scarlet espiró y vio cómo Imogene volvía a mirar por la ventana.

–¿Qué ha pasado?

La señora Rampling se sentó en el sofá, junto a su amiga.

–Los médicos dicen que es un Alzheimer temprano. Son pocas las personas que empiezan con la enfermedad a los treinta años. Al principio empiezan a olvidar cosas pequeñas, palabras, tareas cotidianas. Y cuando empeoran, piensan que la gente habla de ellas, que las atacan…

La señora Rampling puso la mano sobre la de Imogene.

—Ahora ya casi no se acuerda de mí. Nada.

—¿Le ha hablado alguna vez de su vida anterior? —preguntó Scarlet, intentando contener la emoción—. ¿De sus hijas?

—Me dijo que estabas mejor sin ella —respondió la señora Rampling—. Al principio, le llevé la contraria. La animé a volver a casa y a intentar solucionar los problemas, pero yo creo que ella ya sabía que no estaba bien…

—¿Y usted ha cuidado de ella durante todos estos años?

—Era una buena amiga —comentó la señora Rampling—. Me ayudó cuando mi marido me dejó. Así que somos… como de la familia.

Scarlet se alegró de oír aquello.

—Es duro —continuó la otra mujer—, cuando se siente tan confundida que empieza a gritar, o a llorar. Le gusta la rutina. La tranquilidad. A mí también. Quería mucho a sus hijas. Yo diría que demasiado, si es que eso es posible.

Scarlet siguió la vista de Imogene.

El jardín estaba lleno de tulipanes y le recordó a un campo de gominolas rosas. Entre las flores había un enorme roble y, aunque Scarlet sabía que no estaba allí, ella se imaginó en él un columpio hecho con un neumático y a dos niñas jugando.

Quiso creer que era lo mismo que estaba viendo su madre.

Salió de la habitación con los ojos llenos de lágrimas y atravesó el pasillo para llegar a la calle, a un sol que no la reconfortó.

Daniel la llamó. Cuando llegó a su lado, la abrazó con fuerza. Ella se apoyó en su cuerpo y respiró hondo. Se había pasado todo el trayecto de camino allí prometiéndose que no iba a llorar.

–Tranquila, tranquila –la consoló Daniel, frotándole la espalda.

–No se acuerda de mí. No se acuerda de nada.

–Has hecho lo que tenías que hacer –le dijo él–. Ahora, vamos a casa.

–Deben de vivir con un presupuesto muy limitado. Me pregunto si la señora Rampling recibe ayuda de alguien.

Él la abrazó con más fuerza.

–Le haremos un cheque.

–Me da igual el pasado. Imogene… mi madre, se merece los mejores cuidados. Papá querría lo mismo. Necesita una enfermera a tiempo completo. Un buen médico.

–Yo me ocuparé de todo.

Ella apoyó la mejilla en su pecho.

–Está muy enferma. Ha debido de sufrir mucho.

–Yo me encargaré de que tenga lo mejor –le dijo Daniel, levantando su barbilla para que lo mirase a los ojos–. Estos últimos días han sido muy duros. ¿Qué tal si descansamos un poco?

Scarlet frunció el ceño.

—Necesito quedarme aquí un poco más. Asegurarme de que todo está organizado.

—De acuerdo, buscaré un hotel para un par de días.

—Voy a tardar más.

—¿Una semana?

—No lo sé.

Scarlet tenía el ceño fruncido y la cabeza llena de cosas. Su madre la había abandonado de niña, pero en esos momentos comprendía todo lo que había tenido que pasar, e imaginaba que su estado de salud había influido en la decisión de alejarse de ella.

Deseó que su padre hubiese puesto más empeño en encontrarla, que su madre hubiese recibido más ayuda antes. Ya no se podía hacer nada, pero no podía abandonarla.

Entonces se acordó de Faith, de la mujer que la había cuidado y querido como una madre durante todo aquel tiempo. A pesar de sus defectos, era una mujer con un enorme corazón.

Y Scarlet supo que la entendería en esos momentos.

—Quiero quedarme con mi madre, en esta casa, hasta que sepa que he hecho todo lo que está en mi mano por ella.

—A lo mejor deberías hablar con la señora Rampling antes de tomar la decisión —le dijo él—. Date un poco de tiempo. Deja que intervenga un profesional, que examine a tu madre y que haga un informe.

Scarlet supuso que aquello tenía sentido. Su madre necesitaba que la viese un médico y ella tenía que volver a su trabajo en Washington, pero también quería estar allí para ayudar.

Entonces, tuvo una idea.

–¡Podría llevármela a casa conmigo!

–Scarlet, esta es su casa. Ya has oído a su amiga. Está mejor en sitios que conoce, rodeada de personas conocidas.

–La señora Rampling podría venir también. O podría pagarle unas vacaciones. Yo creo que se las merece.

–Creo que no eres consciente de la carga que pretendes asumir.

–Soy su hija.

–Pero ella no lo sabe, cariño.

Scarlet pensó que Daniel no la estaba escuchando.

–Quiero ayudarla –insistió.

–No puedes ayudarla, Scarlet, ¿no te das cuenta?

–¿Tú le harías eso a tu madre? ¿La abandonarías?

–No estamos hablando de mí –respondió él.

–Tal vez si no intentases esconderte siempre de tu propio pasado, no te sentirías así con respecto al mío.

Él apretó los labios.

–No va a funcionar.

–Deja de decirme de una vez lo que siento y lo que tengo que hacer. Te agradezco mucho lo que has hecho por mí, pero tengo que hacer lo que creo que está bien. Soy yo quien debe tomar la decisión.

La expresión de Daniel era indescifrable.

–Te has enfrentado a esto. Necesitabas hacerlo, pero ahora necesitas continuar con tu vida. Puedes seguir en contacto con lo que ocurre aquí, pero no puedes dejar que esto te consuma.

–Tampoco puedo marcharme.

–Te vas a machacar tú sola. Te sentirás furiosa por cosas que no puedes cambiar. Por cosas que te volverán tan loca que desearás golpear algo. Lo que sea.

Estaba hablando de él mismo, no de ella.

–No tiene por qué ser así. Si la llevo a casa, busco algún especialista, me tomo algo de tiempo libre y…

–De acuerdo –dijo Daniel, levantando ambas manos en señal de rendición y retrocediendo–. Es tu vida. Haz lo que quieras.

Ella deseó gritarle que no tenía elección.

–¿Qué vas a hacer? –le preguntó él entonces.

–¿Ahora?

–Sí, ahora.

–Voy a entrar y voy a hablar con la señora Rampling. Le voy a contar lo que he pensado y por qué pienso que es importante.

–¿Y si te dice que no?

–Siempre podré ir a los tribunales.

–Genial –murmuró él.

–Voy a hacerlo.

«Digas lo que digas».

–En ese caso, tendrás que hacerlo sin mí –dijo

Daniel, mirando hacia donde estaba la limusina–. Tomaré un taxi y te dejaré el coche. Vas a necesitarlo. Llámame cuando quieras volver a casa y lo organizaré para que te recoja el jet.

A Scarlet le picaban los ojos. ¿Por qué Daniel no intentaba entenderla?

–Puedo arreglármelas sola –le replicó.

–Si es lo que quieres…

Ella tragó saliva.

–Es lo que quiero.

Daniel la miró fijamente durante unos tensos segundos. Luego relajó la mandíbula y Scarlet pensó que iba a disculparse, que iba a abrazarla y a darle un beso, pero él se limitó a exhalar y, sacudiendo la cabeza, se marchó.

Capítulo Doce

–¿Cómo lleva el cambio?

Scarlet bajó las escaleras de su casa de George-town y dudó antes de responder a la pregunta de su madre adoptiva. Faith había ido a verla dos veces desde que Scarlet se había llevado a casa a Imogene.

En realidad, no sabía qué responder. Se había llevado a su madre biológica con ella con la mejor de las intenciones. No había sido fácil convencer a la señora Rampling, pero, al final, esta había llegado a la conclusión de que si Imogene hubiese estado en posesión de alguna de sus capacidades mentales a aquellas alturas de la vida, habría deseado ir con su hija. No obstante, había insistido en acompañarla y en quedarse también en Washington. Y Scarlet le estaba muy agradecida.

En vez de llevar a Imogene a un hospital, había sido un equipo médico el que había ido a su casa a examinar a su madre, pero incluso la enfermera que habían contratado a tiempo completo tenía problemas para tratar con Imogene cuando esta desconectaba del todo.

Faith estaba sentada junto al piano y Scarlet se acercó a ella.

–La señora Rampling me asegura que está bien.

Y la enfermera piensa que pronto habrá que empezar a alimentarla con una sonda. Recomienda que esté acompañada constantemente por alguien especializado en este tipo de pacientes.

Faith miraba ausente las teclas del piano. Tocó un par de notas y Scarlet reconoció la melodía, pero no tenía ganas de tocar. Solo quería deshacerse de todos los malos sentimientos que tenía dentro. Había querido respuestas, pero estas solo habían suscitado nuevas preguntas.

–No sé qué hacer. La enfermera quiere que Imogene vaya a una clínica, la señora Rampling está esperando pacientemente para llevársela a su casa de Myrtle Beach y yo soy la responsable de todo este embrollo.

Faith empezó a tocar el piano y Scarlet reconoció la melodía y se sintió menos perdida. Apoyó los dedos en las teclas. Su superficie fría y suave hizo que se relajase.

–Lo que ocurrió hace todos esos años no fue en ningún caso culpa tuya, ¿sabes? –le dijo Faith–. Si la hubieses conocido antes de aquel horrible día… Imogene era una mujer muy optimista. Generosa. Divertida. Y no querría que te sintieses responsable de ella ahora.

Scarlet se sintió dividida. Triste por la pérdida, contenta por saber que Imogene había sido distinta en su juventud.

Suspiró y se puso a tocar también.

–Era una buena madre –dijo por fin. Estaba segura.

–Y tenía mucho talento. Un talento que tú heredaste de ella. Yo sé tocar, pero Imogene era genial.

–Hace años que no toco.

–Deberías volver a hacerlo. Vuelve a tocar tus canciones favoritas de antes –le recomendó Faith, sonriéndole de manera cariñosa–. Y aprende alguna nueva.

Habían vuelto a hablar de los acontecimientos que habían seguido a aquel trágico accidente de años antes. Faith y su padre le habían enseñado fotografías y la habían acompañado a la tumba de su hermana. De su gemela, que se llamaba Laura.

Desde que se había enterado de la verdad, Scarlet había dejado de sentirse traicionada y lo había entendido todo.

Además, había ganado algo. A una segunda madre que, a pesar de sus defectos, había intentado protegerla. Scarlet se preguntó qué clase de relación tendría ella con sus hijos en un futuro. Aunque, después de haber discutido con Daniel, no se imaginaba casada ni formando una familia. Además, los médicos le habían dicho que existía la posibilidad de que ella desarrollase la misma enfermedad que tenía su madre.

Las únicas ocasiones en las que había hablado con Daniel habían sido conversaciones breves. Y ella lo echaba de menos más de lo que había imaginado. Por las noches se quedaba despierta recordando su risa, sus abrazos. Echaba de menos su conversación y sus aventuras. Quería que la mirase a los ojos y que le dijese lo mucho que significaba para él.

Pero Daniel McNeal solo vivía para divertirse. Scarlet se preguntaba a veces de dónde sacaba el tiempo para dirigir su multimillonaria empresa. Todo en él parecía tan sencillo… Tan adictivo…

No obstante, cuando aquella horrible sensación de soledad amenazaba con sepultarla, Scarlet se recordaba que Daniel ya debía de haberla olvidado. Se habían divertido juntos, pero era evidente que él no quería seguir viéndola en aquellas circunstancias. Su mundo era demasiado limitado y aburrido. La verdadera Scarlet estaba de vuelta y, tal y como había sabido desde el principio, no era compatible con Daniel McNeal.

Solo esperaba conseguir convencer de aquello a su propio corazón.

–Debió de ser muy difícil para papá y para ti mantener el secreto tanto tiempo –comentó.

–No queríamos arriesgarnos a que crecieses pensando que no te queríamos. Porque te queríamos, y mucho. A veces, cuando una situación o una persona te tocan muy de cerca, es difícil saber qué es lo mejor.

Scarlet miró a Faith y la vio sonriendo con dulzura y comprensión. Tal vez ella no fuese la única que había madurado y cambiado en las últimas semanas. En esos momentos se sentía más cerca que nunca de Faith, su madre.

Tocó el piano con ella hasta que se terminó la pieza. Luego se giraron la una hacia la otra y se dieron un abrazo. Largo, fuerte. Un abrazo que decía que estarían allí, la una para la otra, pasase lo que pasase. Madre e hija, hija y madre.

–Siempre pensé que era un privilegio poder criarte –le dijo Faith, apartándose–. Quería dártelo todo, quererte, cuidarte. Admito que, en ocasiones, fui demasiado lejos.

Como cuando intentó dejar mal a Daniel la noche en que Scarlet se lo presentó.

Scarlet volvería a verlo en la boda de Cara y Max. ¿La trataría con desdén? ¿O la tomaría en brazos y se la llevaría en volandas de allí? Lo más probable era que acudiese acompañado. Se le hizo un nudo en el estómago solo de pensarlo. No sabía si iba a soportarlo.

Cerró la tapa del piano.

Su madre apoyó la mano encima de la suya.

–No hace falta que te diga que me gustó que empezases a salir con Everett. Pensé que necesitaba emparejarte, casarte bien. Y estaba convencida, por supuesto, de que tú eras feliz.

–Me encontré con Everett el otro día. Yo pretendía ser educada y saludarlo, pero él me miró de manera fría, como si no existiese.

Su madre cambió de expresión.

–Oh, cariño, lo siento.

Ella no quería que su madre se sintiese mal. A muchas madres les gustaba hacer de casamenteras con sus hijas. De hecho, ella había conocido a muchas madres que parecían más contentas de una boda que sus propias hijas. Así habría sido la suya con Everett, pero no volvería a cometer ese error.

Faith le apartó un mechón de pelo del rostro.

–Me gustas con el pelo suelto –le dijo.

Ella estuvo a punto de contestarle que a Daniel también, pero se limitó a decir:

—Gracias.

Faith bajó la barbilla.

—¿Has tenido noticias de Daniel desde que estuvisteis en Myrtle Beach?

Estaba al corriente de la discusión y sabía lo triste que había estado su hija.

—Hemos hablado brevemente por teléfono –le dijo esta–. Me ha dicho que siente que discutiésemos.

—¿Pero tú no has aceptado sus disculpas?

—Daniel McNeal es un hombre al que le gustan las cosas fáciles, la libertad. Vive en una nube.

—Tengo que admitir que su reputación no me gustaba. Lo de posar desnudo para un calendario… ¿Todavía va a hacerlo?

—No lo sé.

Si lo hacía, venderían un millón de calendarios, sobre todo, con ese tatuaje de una mariposa que tenía en un lugar muy íntimo.

—Es por una buena causa, supongo… –dijo Faith, suspirando–. La cosa es que, después de ver lo amigos que os habéis hecho, después de ver cómo te miraba cuando volvisteis de ese viaje… Sinceramente, he cambiado de opinión. Y pienso que le importas de verdad.

Scarlet intentó contener la emoción, el deseo de que las cosas fuesen diferentes.

—Encontrará a otra.

A todas las que quisiera.

—¿No te parece que sería maravilloso ver a las

personas a las que queremos felices todo el tiempo?

Scarlet miró a su madre y tuvo que admitir que tenía razón. Aunque no le gustase, porque ella quería a Daniel y había deseado poder hacerlo feliz, pero después de cómo había reaccionado en Myrtle Beach, sabía que no iba a ocurrir. Cada uno tenía sus prioridades. A lo mejor la ruptura estaba siendo dolorosa, pero en el fondo era lo mejor. Deseó no tener que volver a verlo, sobre todo, tan pronto.

Había estado demasiado tiempo desvinculada del trabajo, de sus obligaciones y de sus amigos. A la mañana siguiente, llegó temprano a DC Affairs y fue directa al despacho de Ariella.

–Me alegra tenerte de vuelta –le dijo esta nada más verla, acercándose a abrazarla–. A juzgar por tus mensajes, te han pasado muchas cosas últimamente.

Scarlet le contó a su amiga los detalles de su improvisado viaje a Australia. Ariella suspiró al oír hablar de playas y de koalas. Scarlet le contó cómo había recuperado la memoria, su búsqueda de Imogene y que la había llevado a su casa.

Ariella, que era una de sus mejores amigas, la entendió a la perfección.

–¿Y Daniel McNeal? –le preguntó.

–Ya no estamos juntos.

–Bueno, ha sido breve, pero seguro que muy dulce.

–Él no suele tener relaciones largas. Por suerte, nuestra aventura no ha llegado a la prensa. No me habría gustado que el escándalo afectase a nuestro negocio –comentó.

–Pues a mí me parece todo muy romántico. Y dado que el romanticismo forma parte de nuestro trabajo, quién sabe, a lo mejor nos habría venido bien alguna filtración.

Scarlet sonrió. No lo había visto así.

–Hablando de filtraciones… He oído las noticias en la radio, de camino aquí.

–¿Te refieres al comité que han formado para investigar los casos de piratería?

–A eso, también.

Las autoridades estaban decididas a encontrar a los responsables de los actos de piratería informática que habían culminado con la noticia de que el presidente tenía una hija secreta.

Aunque Ariella tenía que estar agradecida de que alguien hubiese violado la ley y hubiese indagado en el pasado del presidente.

–Entonces, supongo que es público –comentó Scarlet.

La prensa se había vuelto loca con la noticia y todo el mundo quería saber si era cierto que Ted Morrow no había sabido que era padre hasta entonces.

–Yo no voy a dar entrevistas, pero, sí, es oficial. El presidente Morrow es el padre biológico de Ariella Winthrop –dijo esta sonriendo–. Hemos hablado por teléfono. Quiere conocerme.

–¡Por supuesto que sí!

—Tengo tantas preguntas que hacerle…

—Te comprendo.

—Hay tanto tiempo perdido que recuperar…

—Y solo es cuestión de tiempo que encuentren también a tu madre biológica.

—Aunque ella no lo quiera. Tal vez sea mejor que no la encuentren –murmuró Ariella, y luego miró a Scarlet preocupada–. No pretendía decir…

¿Que tal vez Scarlet hubiese estado mejor si no hubiese encontrado a Imogene?

—Ya lo sé.

Ariella salió de detrás de su escritorio.

—Y hace unos meses pensábamos que nuestras vidas no eran nada complicadas.

Se reunieron en el centro de la habitación, frente a frente, y se agarraron las manos.

—No sé qué haría sin mis amigas –dijo Ariella.

—Jamás tendrás que averiguarlo –le respondió Scarlet de todo corazón.

Capítulo Trece

Daniel pedaleó con fuerza. Tenía el ceño fruncido.

–No pienso volver a llamarla.

Morgan arqueó una ceja.

–Probablemente sea lo más sensato.

–Puede diseccionar todo su pasado si quiere, y estropearlo todo –añadió–, pero yo no tengo por qué estar ahí y verla caer.

–Por supuesto que no, como si se mata, tu Scarlet.

–No es mi Scarlet –dijo él dejando de pedalear–. ¿Y por qué tengo la impresión de que no estás de mi parte?

–No estaría aquí si no estuviese de tu parte –le dijo Morgan acercándose–. Es que… me cae bien.

–A mí también, aunque me vuelva loco –admitió Daniel, poniéndose a pedalear furiosamente otra vez–. Cuando me dijo que hacía varios días que había recuperado la memoria me sentí decepcionado, como un tonto, pero lo dejé pasar. Cuando llegamos aquí, la ayudé a encontrar a su madre biológica, pero no es nada divertido ver sufrir así a una mujer, verla llorar. Scarlet se quedó destrozada cuando vio a su madre así después de tanto tiempo. Y no me extraña.

Bajó un poco la velocidad.

–Lo cierto es que se equivoca con lo que está haciendo ahora –añadió.

–Esa es tu opinión.

–Yo siempre pienso bien las cosas –le dijo él–. Hago planes, esquemas, resúmenes. Y raramente me equivoco.

–Raramente.

–¿Qué quieres decir?

–Que no tienes razón. Le has hecho mucho daño. Ve a disculparte con ella.

–Ya lo he hecho. Por teléfono. Tres veces.

–Por teléfono.

–Le digo que lo siento y ella me da las gracias y cuelga. Le digo que la echo de menos y me dice que bien y cuelga.

–¿Qué le dijiste la tercera vez?

–Me humillé. Y no veas qué éxito. No me creyó.

–¿Por qué piensas eso?

–Porque me colgó el teléfono.

–Si fuese ella, me habría cambiado de número –le dijo Morgan, subiéndose a la cinta de correr que había a su lado–. Ve a disculparte en persona. No sé si te has dado cuenta, pero estás enamorado de esa mujer.

Daniel se quedó inmóvil. Pensó. Morgan era muy intuitiva…

–¿Tú crees?

–Y ya no eres ningún chaval.

Él tomó su toalla y se secó el sudor de la cara y del pecho.

–Tampoco soy tan mayor.

–Si quieres esperar… –comentó ella, corriendo más rápidamente–, pero luego no te quejes si la pierdes.

–Estás hablando de que me arrodille ante ella. De campanas de boda –dijo Daniel, tirando la toalla contra la pared–. De matrimonio.

–Imagínate a los invitados –continuó Morgan, corriendo con la gracia de una gacela–. Hará falta una buena banda de música y alojamiento para todo el mundo.

Daniel ni siquiera esbozó una sonrisa.

–¿Y si no estoy hecho para tener esposa e hijos? Además, Scarlet me contó en una de las llamadas que le preocupa haber heredado la enfermedad de su madre.

–Es posible. ¿Sería un problema para ti?

–Ya sabes que no, pero no supe qué decirle. Cómo tranquilizarla.

–Pues ya tienes deberes.

Cuando Morgan se marchó del gimnasio y volvió a su suite, Daniel se sentó en la terraza a ver la puesta de sol. Volvió a recordar la discusión que había tenido con Scarlet. Y entonces retrocedió todavía más.

Por mucho que le doliese, obligó a su mente a recordar todos los detalles de aquella fatídica noche: imágenes, sonidos, olores, ira, miedo. Finalmente, terror. Cuando había recordado la escena hasta el final, rebobinaba y volvía a empezar.

Habían dicho que había sido un asesinato.

Un par de meses después de que su madre hubiese echado a su marido de casa, el padre de Daniel había tocado fondo.

Completamente borracho y sin un céntimo en el bolsillo, se había presentado en el hogar familiar y había empezado a dar golpes en la puerta y a gritar. Mientras, Daniel y su madre se habían quedado dentro, rezando porque se marchase porque, si no, los vecinos llamarían a la policía. Ellos no podían hacerlo porque hacía un año que no tenían teléfono. Daniel se había tapado los oídos y había intentado ser valiente, pero no había tardado en ponerse a llorar.

Su madre, sin embargo, había permanecido fuerte. Le había limpiado las lágrimas y lo había abrazado. Al final, había abierto la puerta y le había dicho a su marido, le había rogado, que cambiase por el bien de la familia, por su hijo.

Entonces su padre había vuelto a insultarla y ella le había dicho que se pudriese en el infierno. Él se había vuelto loco.

Daniel, que por entonces solo tenía cinco años, había estado a punto de salir corriendo por la puerta trasera de la casa para pedir ayuda, pero entonces había oído gritar primero a su madre y después a su padre. Al acercarse, había encontrado a su padre en el rellano de la puerta delantera tambaleándose, agarrado a la barandilla, con la vista clavada en el suelo.

Escaleras abajo estaba su madre tumbada en el suelo. Completamente inmóvil.

Su padre se había suicidado dos semanas después.

Nunca había hablado con nadie de aquella noche, ni siquiera con Owen. ¿Para qué quería recordar? Siempre que pensaba en ella deseaba golpear algo.

No obstante, sabía que una persona no siempre podía mantener algo así escondido en su interior, sin manifestarlo de ninguna otra manera.

Alrededor de la medianoche, se puso en pie, agotado, y entró a hacer café. Luego, con una taza humeante en la mano, acampó en el sofá e intentó recordar todavía más allá. Y por fin pudo ver a su padre más joven, sonriendo, cantando. Incluso bailando. La mesa estaba llena de comida y nadie discutía por las facturas. Su vida era fácil y su padre representaba el hombre que él quería ser en un futuro. Aquellos habían sido los buenos tiempos.

Y él los había olvidado.

Apretó la mandíbula. Cerró los puños e hizo un esfuerzo más. Tal vez, en el fondo, siempre hubiese sabido que aquel día tendría que llegar.

Estaba escondida en el armario de una de las habitaciones de invitados. Había llevado aquella caja allí hacía años, desde Australia. No había soportado la idea de tenerla en su casa de verdad, pero tampoco había sido capaz de tirarla a la basura.

Dejó la caja en el suelo, se arrodilló e intentó aclararse la cabeza y abrirla.

La madera era oscura y suave. Olía a viejo. A olvidado. Abrió la tapa, sacó el instrumento y se lo pegó a la barbilla, como su padre le había enseñado a hacer, y sintió un cosquilleo en los dedos. Aspiró el rico olor de la madera, cerró los ojos y se permitió sentir.

En su mente, vio reír a su padre y golpear el suelo con el pie mientras sus amigos aplaudían y bailaban. Su madre también estaba allí y Daniel sonrió al recordar su rostro, el brillo de sus ojos y la admiración con la que sonreía.

Había amado a su marido. Y él a ella. Tanto que la gente se había dado cuenta con solo verlos juntos. El vínculo que había entre ambos no necesitaba ser descrito con palabras, ni hacía falta una teoría para explicarlo. Su amor había sido como se suponía que tenía que ser.

Daniel abrió los ojos.

Y pensó en Scarlet.

Capítulo Catorce

Cuando Scarlet vio entrar a Daniel en el salón, le dijo a su estúpido corazón que se calmase. Luego, con manos temblorosas, siguió colocando uno de los lazos de las sillas de los invitados. La boda de Cara y Max empezaría en media hora y no podía distraerse.

–Gracias –dijo en voz alta–, pero lo tengo todo bajo control. No necesito ayuda.

Pero Daniel avanzó hacia ella.

–No he venido a hablar de la boda –le dijo.

–Pues yo es en lo único que puedo pensar en estos momentos –replicó ella, echando a andar–. Si me disculpas…

–Todo está precioso –le dijo él–. Tanto dentro como fuera del salón. Max y Cara van a salir de aquí con muchos recuerdos.

–Y todos buenos, espero.

–Hace unos días estuve por aquí –continuó él.

–¿Con Max? –le preguntó ella con cautela.

–No, vine solo. Bueno, eso no es del todo cierto. Vine seguido de un montón de fantasmas.

Ella no contestó.

–No me extraña que no quieras hablar conmigo. No té escuché cuando necesitabas que lo hiciese. No sabía cómo hacerlo.

Scarlet lo vio acercarse por el rabillo del ojo.

–¿Cómo está tu madre, Imogene? –le preguntó.

–Su enfermedad… –empezó ella, tragándose el nudo que tenía en la garganta–. Necesita cuidados constantes.

–Debe de ser difícil.

¿Difícil? Scarlet se giró hacia él.

–Si de verdad te interesa, verla así me rompe el corazón. Jamás conoceré a mi verdadera madre, ni ella a mí –le dijo, cruzándose de brazos–, pero no voy a seguir compadeciéndome a mí misma. Estoy intentando aceptar el pasado, de hecho, lo he aceptado a pesar de tu consejo.

–Fue un mal consejo –admitió él.

Scarlet descruzó los brazos.

–El médico, la señora Rampling y yo hemos estado hablando y hemos decidido que mi madre tiene que volver a Carolina. A su casa. Buscaré una enfermera para que la cuide allí e iré a verla siempre que pueda.

–Para crear nuevos recuerdos –le dijo él, acercándose más–. Yo también tengo recuerdos. Buenos, quiero decir.

Scarlet sintió curiosidad.

–¿De cuando eras niño?

–De mi padre riendo y ayudando a sus vecinos, a sus amigos. De mi padre llevándome a hombros. Últimamente he pensado mucho en esa época. Necesitaba recordar los buenos tiempos. Los tiempos felices.

Scarlet lo miró fijamente y se preguntó si de verdad había aceptado su pasado.

–¿Me concedes un minuto? –añadió él–. Me gustaría enseñarte algo.

–Lo siento, pero no tengo tiempo.

–Dos minutos.

–Lo siento, pero…

Antes de que le hubiese dado tiempo a terminar, Daniel la agarró de la mano y la llevó fuera de la sala.

Luego abrió la puerta de otro salón. Estaba llena de fotografías de todos los tamaños, colgadas en las paredes, colocadas en caballetes, colgando del techo con un lazo. La mayoría era en color, pero también había varias en blanco y negro. Todas eran del pasado, ya fuese del suyo o del de Daniel.

Aturdida, sorprendida, Scarlet entró.

La primera fotografía que vio de verdad fue una suya, de niña, sentada en las rodillas de su padre mientras este le leía un cuento. Se giró y vio otra de Daniel, vestido con pantalones cortos y una camiseta de fútbol, con una mujer que tenía el mismo pelo claro y los mismos ojos azules, simpáticos. Continuó y se vio con su hermana sentada en un coche verde, con su madre biológica muy cerca de ambas.

Un poco más allá un Daniel de cuatro o cinco años abrazaba a sus padres. A su lado, sobre un taburete viejo, había un violín que parecía tener cien años. Scarlet se preguntó a quién pertenecería.

A su derecha estaba la fotografía más grande y conmovedora de todas. Era su madre biológica, que sonreía mientras miraba orgullosa a sus hijas. De fondo había un jardín lleno de tulipanes.

–¿De dónde las has sacado? –preguntó en un hilo de voz.

Daniel se colocó justo detrás de ella.

–De álbumes, de sobres amarillentos y de cajas de zapatos. Tu madre, Faith, me ha ayudado.

A Scarlet no le extrañó oír aquello.

–¿Y ese violín? ¿Es tuyo?

–Sí, es mío –respondió él sonriendo.

Y entonces Daniel hizo algo increíble. Le contó la historia de su niñez, una historia triste y violenta que dejó a Scarlet con los ojos llenos de lágrimas.

Cuando hubo terminado, señaló hacia la izquierda.

Al lado del taburete había un aparador blanco, encima tenía un ramo de tulipanes rosas y un enorme cuenco con gominolas del mismo color. Scarlet contuvo las lágrimas. Daniel había pensado en todo.

Se acercó a ella y le dijo:

–Siempre se me hará un nudo en el pecho cuando piense en mi padre sin trabajo, bebido, pero también estoy muy agradecido por los buenos tiempos. Por la familia que tuve.

Apretó la mandíbula e hizo una pausa.

–Lo daría todo por recuperarla.

Una lágrima corrió por la mejilla de Scarlet.

–Mira, todo esto es conmovedor, lo admito, pero, Daniel…

–Estoy enamorado de ti –le dijo.

Ella se quedó de piedra y luego lo miró con incredulidad.

–¿Qué has dicho?

–Te quiero. Es esa clase de amor que no se acaba nunca y que se hace más fuerte cada día que pasa.

Scarlet sacudió la cabeza. Daniel no era de esos.

–Estás confundido –le dijo.

–Estoy convencido –respondió él–. Quiero despertarme cada mañana a tu lado. Y me comprometo a estar contigo sea lo que sea lo que nos depare la vida.

Scarlet frunció el ceño.

–Quieres que volvamos a ser amantes, ¿no? –preguntó.

–Sí. Quiero que seamos amantes. Y amigos. Los mejores amigos.

–Eso no puede ser, teniendo en cuenta lo que siento por ti. Cuando te tengo cerca, me siento como si estuviese volando, dentro de un torbellino. Completamente desestabilizada.

Él la agarró por la cintura y la abrazó.

–¿Quieres decir así?

Ella debió empujarlo y decirle que la dejase, pero se sintió sin fuerzas y, en cuanto sus labios la tocaron, aceptó la derrota.

De repente, se sintió feliz y en paz. Apoyó la mano en su mentón y profundizó el beso hasta quedarse sin aire.

Daniel se apartó despacio y luego le dio un beso en la mejilla y otro en la oreja. Él respiraba con dificultad y ella no era capaz de pensar con claridad. No sabía qué era lo siguiente que debía hacer.

–Ya estoy dando vueltas otra vez –comentó, llevándose la mano a la frente y bajando la vista.

Él la obligó a mirarlo a los ojos.

–Esto es solo una teoría, pero estoy empezando a pensar que tú también sientes lo mismo por mí. Que tú también estás enamorada.

Ella suspiró y se rindió a la verdad.

–Estoy enamorada de ti –dijo, frunciendo el ceño–. Te quiero.

–Entonces, cuando te pida que te cases conmigo, a lo mejor me dices que sí.

Ella notó que se le doblaban las rodillas, y se alegró de que Daniel la estuviese sujetando.

–¿Me estás pidiendo que me case contigo? –le preguntó.

–Quiero una familia. Nuestra familia. Un niño al que enseñarle a pescar y a jugar a la pelota. Y una niña a la que mimar y contarle cuentos de ponis mágicos.

A Scarlet se le escapó otra lágrima. Si aquello era un sueño, no quería despertar jamás.

–¿Y quieres eso conmigo? –preguntó ella, pensando en la enfermedad de su madre.

–Scarlet, no quiero estar con nadie más hasta que me muera. Quiero que pasemos el resto de nuestras vidas juntos.

Ella se puso a llorar. Al mismo tiempo, se echó a reír.

–En realidad eres un romántico, ¿verdad?

Él le tocó la punta de la nariz con la suya.

—Y tú también.

Volvieron a besarse apasionadamente, pero, de repente, Scarlet se sintió culpable.

—La boda tiene que empezar.

—Podemos decirle al sacerdote que haga una ceremonia doble. Sería una buena sorpresa.

—Daniel. Eso no estaría bien.

—No, por supuesto que no.

Scarlet lo abrazó por el cuello y arqueó una ceja.

—Yo estaba pensando más bien en una ceremonia en una playa desierta, con la puesta de sol de fondo y tu moto aparcada al lado.

La mirada de Daniel se llenó de alegría y de amor. Se acercó a darle otro beso y le dijo:

—Eso sería el séptimo cielo para mí.

En el Deseo titulado
Deseo inadecuado,
de Rachel Bailey,
podrás continuar la serie
HIJAS DEL PODER